内海の輪

新装版

松本清張

角川文庫
23660

目次

内海《ないかい》の輪《わ》

「霧笛の町」改題

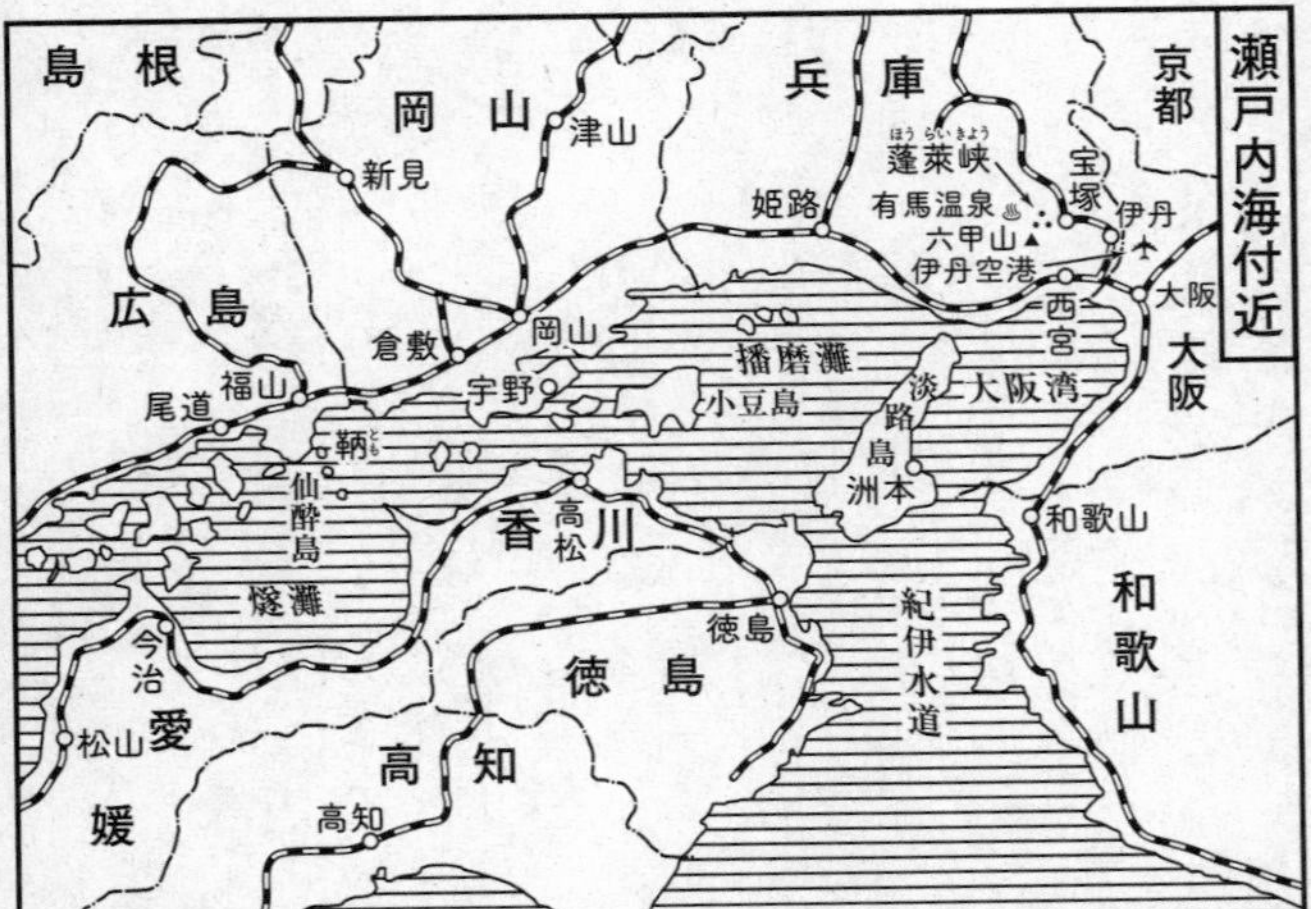
瀬戸内海付近
島根
岡山
兵庫
京都
津山
新見
蓬莱峡《ほうらいきょう》
宝塚
姫路
有馬温泉
伊丹
六甲山
伊丹空港
広島
倉敷
岡山
西宮
大阪
福山
宇野
播磨灘
淡路島
大阪湾
大阪
尾道
小豆島
鞆《とも》
洲本
仙酔島
高松
香川
和歌山
燧灘
徳島
紀伊水道
和歌山
今治
徳島
愛媛
松山
高知
高知

1

旅館の帳場——近ごろはしゃれてフロントとよんでいるところもあるが、深まった家から門に出るまで庭石の通路の横にそういう関所がある。れんじ窓になっていて上半分までは藍《あい》染めのノレンが下がり、客からはちょっと見えないようにしているが、そこからは灯《ひ》が通路までこぼれているし、内側の人間にはもちろん前を出入りする客の顔が分かっているはずだった。客が顔をそむけて通っても、ありがとうございました、と中から女中の声がかかるのである。

三か月めぐらいにここにくるのだが、帳場の女がこっちの顔をおぼえているかどうか。宗三《そうぞう》は、その前を通るのがいつも辛《つら》い。部屋にくる係りの女中は順番らしく、そのたびに違っているので助かるが、帳場の女は変わらないのだろう。しかし、三か月に一度のことだし、ほかの客の多い中だから印象はうすいようにも思われる。とにかく、この関所を通り抜けて外に出るとほっとする。

賑《にぎ》やかな通りに出るまでの暗い小路を歩きながら美奈子《みなこ》も顔を伏せていた。淋《さび》しい通りだが、人は歩いている。すれ違って、すぐそこの屋根の上にネオンをかかげた連込み旅館から出てきたと見ているようであった。夜の十一時ごろである。四十男が年下の女とそこで愉《たの》しんできたように人目には写る。美奈子のほうが一つ上だが、六つくらいは若く見えた。以前からそうだったが、ことに、今は若つくりして来ている。着物の色も柄も派手だった。宗三に遇《あ》うのに、この用意をして四国から上京して来たのである。

もっとも、地方の町からはこの身装《みなり》では出発できなかった。美奈子の年齢では地味なものしか着てない地元の人から奇異な眼で見られる。トランクの中に着物を匿《かく》してきたと彼女は言った。

「ご主人はそれを見てどう言ってた?」

宗三が訊《き》くと、

「西田は何も言わないわ。それに、田舎で派手な恰好《かっこう》ができないのを同情してくれてるもの」

と美奈子は笑っていた。

西田というのが現在の彼女の夫の名だった。松山の洋品店では旧《ふる》い。六十一歳だという。

美奈子は、短い間だったが、十五年前までは宗三が嫂《ねえ》さんと呼んだひとだった。

その洋品店では五年前から婦人の服飾品を置いた。ハンドバッグからブローチ、ペンダントにいたるまで揃えたのは時勢である。高級品だった。男物の品だけを扱ってきた主人には苦手《にがて》であった。女ものは美奈子のほうが分かるし、趣味がある。そのほうは彼女が任されたかたちとなった。三か月に一度、四、五日くらいの滞在で東京に出てくるようになった。仕入れを兼ねて、銀座などのウインドウをのぞいて歩く。流行のものは逸《いち》早く松山に持ち帰る。流行は東京も地方もあまり時間差がなく、油断ができないと彼女は言った。夫はついてこない。商売に手がはなせないためもあるが、美奈子が嫌うのを知っている。

そういう話しぶりは、商人の奥さんであった。だが、宗三の腕の中にはいると二十歳年上の夫から遁《に》げてきた人妻だった。商売のための上京も、このときは情熱の目的に変わった。

池袋駅が近い、灯の明るい大通りに出ると二人は立ってタクシーを待った。旅館でも車を呼んでくれるが、それでは露骨にすぎる。運転手に顔を見られるのもいやだった。大通りでタクシーを拾えば、旅館から出てきた人間かどうかは分らない。美奈子が泊《とま》っているのは東京駅前のホテルだった。宗三の家は荻窪《おぎくぼ》にある。二人はいつもここでべつべつの車を拾った。

空車のくるのを待っている間、

「来月はもしかすると、岡山に行くかもしれない」

と宗三は洩《も》らした。

「まあ、岡山に？」

美奈子は息をはずませて彼の顔を仰いだ。

「まだ、はっきりしてないけど。広島県近くの所でほかの大学と共同で遺跡の発掘がある。そこに行くことになりそうだ」

宗三は考古学をやっていた。

「それだったら、松山から海一つ向こうだわ。どれくらい居るの？」

「短い。発掘の主体はよその大学だから。まあ、長くて十日間か二週間くらいかな。学生を連れて行く」

「うれしいわ。ぜひ、そうなるように」

と、美奈子は彼の手を袖の蔭から握った。

「来月の、いつごろなの？」

「中旬かな」

「じゃ、一か月して、また逢えるのね。わたしの家に電話して。岡山からダイヤル直通だから。わたし、いつでも行けるよう準備しておくわ」

彼女の声がはしゃいだ。

「しかし、学生といっしょだから。合宿生活になるだろうし……」

「でも、ちょっとぐらいは抜けられるでしょ？　そこが広島県に近かったら、尾道《おのみち》がいいわ。そうね、尾道に山陽旅荘というのがあるけど、そこなら奇麗《きれい》よ。そこに決めて。前日に電話がかかりしだい、すぐ今治《いまばり》に出て連絡船で渡ります」

美奈子はひとりで決めたように言った。三か月に一度の逢瀬《おうせ》が、一か月以内にまた遇えるというので胸を高鳴らせているようだった。

「けど、松山と尾道では、君の顔が知られているかもしれない」

女は松山の老舗《しにせ》の主婦だった。店頭にも出て客に接している。

「大丈夫よ。尾道の人は、ちょっとした買物だと岡山か広島に行くから。それに、わたし、恰好を変えて行きます」

美奈子は彼の発掘行が既定のようによろこんでいた。

タクシーが二台つづいてきた。宗三は美奈子を先に乗せた。

「必ずね」

乗るときも美奈子は宗三に念を押すように強く言った。その勇んでいる姿を窓に見ると、発掘のほうが駄目になっても来月には尾道に行かねばならないなと宗三は思った。別れるとき、三か月先の長さを考えていつも悄気《しょげ》ている彼女が今度だけは急に元気であった。

美奈子の車を見送るまで、うしろのタクシーは彼を待っていた。

「荻窪」

と、宗三は運転手の背中に言った。

「は？」

よく聞きとれなかったのか、運転手は問い返すように顔を横に向けた。

「荻窪だよ」

宗三は少し大きな声を出した。

「はい」

運転手はうなずいてアクセルを踏んだ。

宗三は運転手の素直さがちょっと意外だった。近ごろは行先を告げても返事をしないタクシーが多い。乗っている間じゅう不愉快である。運転手にも客の気分が分かるのか、始終むっつりとして不機嫌なのだ。女づれで乗ると運転手の様子はいっそうとげとげしくなることが多かった。何か苛々《いらいら》したように運転が乱暴になる。

この運転手は、客が女と別れて乗ったのを知っている。女に宗三が手を振ったのを運転席で待っていて見ていた。近くにはあの種の旅館が多いから、そのへんから出てきたと察しているかもしれない。だから、この運転手も不機嫌だろうと思っていたのに予想外であった。

宗三は何となく安心した気分になって座席に落ちついた。車は新宿の方角に向かって走っていた。池袋の繁華街を脱《ぬ》けると、人通りもなく、車だけが多い。

美奈子の車も、今は飯田橋あたりだろうか。たった今、別れたときのいそいそとした姿が一人で乗っている。宗三は来月の予定を実現しなければならなくなった。

尾道で遇うというのが気にかかった。少しばかり冒険のように思える。四国の人には隣り町に行くようなものかもしれない。松山では有名な店だというから、美奈子の顔を知っている人が尾道には居そうである。彼女は、大丈夫だと言ったが、それは彼に遇いたいあまりの言葉だ。万一ということもある。彼女にもその懸念《けねん》はあろう。身なりを変えて行くと言ったのはその心配のあらわれだ。しかし、そこまでの気持ちになっている美奈子に宗三は失望を与えたくなかった。

危険は考えられた。知った人に目撃されることだけではない。ぐんぐん圧《お》してくるような女の情熱だった。これに引きずられている自分が分かっているだけに、のっぴきならない立場に連れて行かれそうであった。

美奈子は二十も年の違う再婚の夫にはじめから愛情は持ってなかったと言った。彼女を夫のもとに落ちつかせているのは生活の安泰と、「商売」であろう。商売は面白いと彼女は言った。美奈子の性格を考えると、それはうなずけた。勝気で、才気のある女である。女の服飾品を出すようになって彼女がそっちのほうを亭主から任されたというのも理解できた。

（大阪や東京に出て、わたしの見込んだ品が松山でどんどん売れるの。そりゃ、気持ちがいいわ。それに、わたしなりの着想で、それに工夫を加え、メーカーに造らせるの。ハンドバッグのデザインなんかそうよ。東京の業者がほめてくれるわ）

そんなことを宗三に話すときの美奈子は生き生きとしていた。商売が生甲斐だというのも誇張でなく聞いた。

夫婦生活は十年近く閉鎖されていると美奈子は言った。いっしょになったときから亭主が嫌いだったので、なるべく断《こと》わっているうちに、そうなってしまったという。これも宗三は嘘でなく聞いた。五日間の美奈子の東京滞在中、三晩の床は彼女の修羅場であった。そのたびに違った旅館だった。

(あなたに教えたのは、わたしよ)

と、美奈子は眼をつり上げて言った。十五年前のことを言っているのだった。

去年の春、宗三は銀座で偶然に彼女と再会した。茶を飲み、夕食をたべた。そのあとが思いがけないことになった。子どもが二人いると聞いた美奈子は、奥さんには申訳ないけど、この次の上京のときもぜひ遇ってくれと言った。そのときも、つづいて二日間遇った。旅館は変えた。それが今でも変わらず、前のところを択《えら》ぶようになっている。ほうぼうで顔を見られるのがいやだった。

(あなたに教えたのは、わたしよ)

――それは雪の宿だった。新潟《にいがた》の帰りに水上《みなかみ》温泉に二人で行った。駅が近づいて急にそこで降りようと言い出したのも彼女のほうだった。宿に向かう暗い坂道が凍《い》てついて、靴がすべった。美奈子が手をとった。冷たいが、強い握りかたであった。そのときは嫂《あによめ》だった。

温泉駅に降りたときから宗三の動悸《どうき》は高鳴っていたが、黒い空から乱れ落ちる粉雪が熱い頰《ほお》に快かった。冷たい風を真正面にうけて泪《なみだ》が出た。その中に旅館街のあたたかい灯の色がにじんでいた。

六階建の旅館にはいると、べつべつに風呂にはいった。宗三は心臓が激しくうち、苦しくて長湯ができなかった。戻った部屋には、うす暗くした明りの中に蒲団が二つ隙間をおかずに敷かれてあった。宗三は頭の中に血が上《のぼ》るのをおぼえた。

次の間で瓶《びん》のふれ合う音がしていた。嫂が寝化粧していることが分かった。宗三の膝はふるえた。新潟で、彼の長兄である夫と美奈子が別れる決心をつけた帰りの夜であった。……

おや、と宗三は前方をのぞいた。新宿のネオンが向こうに見えている。

「君」

宗三は運転手に急いで言った。

「荻窪だよ」

運転手は速度を落とし、

「はあ」

と言った。何となく曖昧《あいまい》な声だった。宗三は運転手が行先を間違えていたのかと思った。しかし、乗るときにはちゃんとそれを問い返しているのだ。

窓の外を見ると、千登世《ちとせ》橋の陸橋の下は過ぎている。

「荻窪は、こっちのほうと違いますか？」

運転手は車をとめてふり返った。

宗三はおどろいた。運転手によってはわざと回り道をし、料金をかせぐ者がいると聞いたが、この男もそうか、途中で客に気づかれて、とぼけているのかと思ったが、この運転手の様子では、そうではなく、実際に荻窪は新宿回りで行くものと思っているらしかった。

「君、そりゃ、ここからだと途方もない遠回りだよ」

宗三は運転手の非常識を非難するように言った。

「そうですか」

「そうですかって、君。……君はよく知らないのか?」

「はあ、どうも」

運転手は軽く頭を下げた。その態度が素直で気持ちよかった。

「荻窪はね、四谷方面から行くと、たしかに新宿を通るのだが、池袋から行くと千登世橋、少し引返すとその陸橋があるが、そこに上がって目白通りから左に折れ、さらに右に折れて青梅街道《おうめかいどう》に出たほうが近い。新宿だと大迂回になるよ」

宗三は言った。

「はあ、そうですか、どうも。では引返しましょうか?」

運転手はとまどったように訊いた。

「そうしてくれ」

若い運転手は車の流れを見さだめたあと、Uターンして戻り、千登世橋に上がる坂のところにきた。

「ここを行くんですね？」

運転手は彼に訊いた。

「そう」

坂を上がった。

「これを右だ。目白駅の前を通るからね」

「はい」

「君は、東京の地理をよく知らないの？」

宗三は訊いた。

「はい。まだ、こっちの運転手になって一か月ばかりですから。お客さんに道順を教えてもらっています」

「地方から来たの？」

「はい」

近ごろは東京の運転手の数が足りなくてタクシー会社は地方の運転手を集めていると は聞いていた。この運転手も荻窪に行くには新宿経由でなければならないと思っている らしい。幹線だけしか分かっていないようであった。

車は、学習院の前を過ぎた。目白駅前の明るい灯が見えた。

――十四年ぶりに遇った美奈子の熱い身体に宗三は圧倒された。いまの夫とそういうことがないというのを美奈子はわざと見せているようであった。だが、彼に教えた、という水上温泉の彼女の記憶が、彼女自体の感情を唆《そそ》ったのも確かだった。彼女はあのときの積極的な行動を想い出したように、そのとき積極的であった。十四年前のつづきのようだった。女は、年下の男に向かうときは男のように大胆になり、相手を誘導する立場になるようであった。宗三は彼女にとって、かつての義弟であった。

奇妙なことに、四十になった宗三が二十代の錯覚に陥《おちい》り、「年上の女の誘導」に身をゆだねた。受け身の陶酔であった。美奈子もそうした宗三を自由勝手にしているような心地になってか激しく昂《たか》ぶった。

(あのときからみると、あなたも、すっかり男らしくなったわね)

美奈子はうっとりとしてささやいた。疲れて吐いた彼女の言葉の意味が分かると、宗三は十四年前の自分の未熟さを軽蔑されたような気がしたが、言葉のもう一つの意味は彼女自体の成長にあった。水上温泉の出来事は、美奈子が彼の長兄と結婚してわずか一年半後であった。

十四年の経過は二人とも精神や肉体の上に成熟を遂《と》げさせた。むろんのことである。だが、この成熟の度合は、その後三か月ごとに遇うごとに女の側に肉体の比重を傾かせた。それは六十一歳の弱い夫を持っている彼女の不均衡にもあった。

三か月ごとに三晩くらい遇うのが美奈子にとって不満になってきた。それは急速に増していた。宗三にはそれが彼女の言葉だけでなく、よく分かってきていた。

今は、まだいい。美奈子は老舗の主婦の座と、商売への興味でそこにとどまっている。しかし、これ以上、肉体の爛《ただ》れの中に彼女がはいりこむと、彼女は現在の環境を放棄しかねなかった。勝気に溺《おぼ》れる女であった。

翌月に岡山県に行くのはどうも危険な気がする。だが、これには宗三のほうにも誘惑があった。どうも自分は行きそうな気がする。いや、心の隅ではそう決めてしまっているのではないか。――

「あ」

と、宗三は前方に気づいて運転手に叫んだ。車は青梅街道に曲がらずに、四つ角を通過して直進しようとしている。

「そっちじゃないよ、右に折れるんだ」

2

宗三の家は静岡の和菓子屋であった。本家は四代つづいた老舗《しにせ》で、「緑山」という茶菓子は名物となっている。維新後、徳川慶喜が静岡に蟄居《ちっきょ》したが、初代は幕臣に従って江戸からここに移り住んだ。

三代目の弟が分家して同じ家業に従った。宗三の父親である。長兄の寿夫《としお》は、宗三より八つ年上で、次兄の啓二郎は四つ上だった。

寿夫が美奈子と結婚したとき、宗三は東京のある大学の大学院にいた。兄の話は半年前から父親の手紙で知らされた。美奈子は名古屋の呉服屋の娘だった。

宗三が静岡に帰ったとき、美奈子が家に遊びにきていた。二十四だった。

「おまえ、どう思う？」

寿夫が宗三を蔭に呼んで美奈子のことを訊いた。

「さあ、べつに。……いいじゃないかな」

宗三は答えた。そういうより仕方がないほど美奈子は普通の女だった。とくにきれいというほどではない。性格にも特徴はなさそうだった。あまり化粧してない顔は健康そうな赤味を帯びていた。

「おまえと一つしか年が違わないんだぜ」

兄は言った。

「親父《おやじ》の手紙にそう書いてあったけど。二十歳《はたち》くらいにしか見えないな」

「うむ」

兄はうなずいた。その返事だけが兄の満足を買ったようだった。美奈子の様子にはこれまであまり外に出てないらしいことがよく分かった。呉服屋といっても店は中程度だった。名古屋の商人の家というのはまだそういう古風さがあるのかと思った。それで、若く見えるのかとも思った。

若くみえる点は兄の寿夫に満足だったようだが、そのほかこれという特色がないのに飛びつきかねているふうだった。

「親父やおふくろは、ああしてたびたび彼女を名古屋から呼びつけるんだけど、おれはどうしようかと思っている」

寿夫は、にやにや笑って言った。

「もらったら、いいじゃないか」

と、宗三は無責任に言った。どうせ、いっしょの家に居るわけではなし、東京住いときめているので、兄との接触は遠かった。相手がおとなしそうなので、

「ここの商売には向くよ」

と言った。和菓子の店さきには、おっとりした女房のほうがいい。兄は、次兄の啓二郎もお前と同じようなことをいっていると言った。

そんな兄の口吻《くちぶり》を聞いていると、本人は美奈子をもらうつもりのようでもあった。だが、心のどこかに躊《ため》いがあって、それを弟たちに確かめている、あるいは、否定の返事を期待しているというところがあった。

「寿夫がどうもはっきりしないで困っている」

と、母は宗三に言った。美奈子のすれていない性質が母には気に入っていた。あまり美人に過ぎたり、新しい型の性格だったりしたら夫婦の間がうまくゆかなくなるというのがその意見だった。

「美奈子さんは、寿夫が絵が好きだというので、お家で先生について絵を習いはじめたそうよ」

母は話した。兄は油絵を真似ごとに描いていた。

「へええ。じゃご本人は兄貴が気に入ってるのかな」

「そうらしいね。わたしは、ぜひ、来てもらいたいんだけど」

目立たない美奈子にそんな情熱があったのかと、宗三はちょっとおどろいた。そして、平凡な女だから情熱を内側に持っているのだろうと考えた。

兄があのとき愚図《ぐず》ついた理由に宗三が思い当たったのは、兄が美奈子と結婚して一年以上経ってからだった。宗三が東京から静岡に帰ってみると、兄は二晩つづけて家に戻っていなかった。

次兄は大阪の織物会社の寮にはいっていたし、家には両親と美奈子だけだった。美奈子は宗三が二か月おきくらいに帰るたびに、見違えるように女らしくなってきていた。家の中に引込んでいた娘が、二十四歳の年齢に夫婦生活を加えて、急に内側の「女」が溢れ出てきた感じであった。

硬《かた》かった身体つきがしなやかになり、顔は白くなって、眼の下や鼻の両脇に絹のような脂《あぶら》の艶《つや》がのっていた。瞳は、いきいきと動き、腰のあたりに丸みが出ていた。人妻になると、こんなに魅力的な顔になるものかと宗三はおどろいた。

無口だった美奈子は、よく話すようになって、宗三にも嫂《あによめ》らしい口の利き方をした。

前からそれとなく様子を見ていると、寿夫も決して美奈子がいやではないらしく、親切にしていたし、美奈子のほうも、舅《しゅうと》や姑《しゅうとめ》の居ないところでは甘えているようだった。宗三は、居間にいる兄夫婦の姿を硝子障子《ガラスしょうじ》越しに見て、足音を立てずに中庭の廊下を引返したこともあった。

息子夫婦の仲のいいことに満足していた両親が宗三には何かを隠しているような顔になったのは、結婚後、七か月か八か月くらい経ったころであった。だが、美奈子にはそれほどの変化もなく、何も分からなかった。あとで思い当たったことといえば、両親、とくに父親が嫁にひどくやさしくなっていることだった。それも、何か気をつかっているといったようであった。

母から兄の秘密を打ちあけられたのは、宗三が帰った日、兄の二晩の外泊があったときだった。夜、両親と居間で話していると、傍で茶など淹《い》れていた美奈子が途中で消えたきりになった。嫁のことだし、兄も居ないのにもう少し横で付き合ってもいいのにと思っていると、父親は引込んだ嫁の部屋のほうを何か気がかりげにして、急に黙り、たてつづけに煙草に火をつけていた。

「この際、宗三にも言っておいたほうがいい」

父は、世間話に紛《まぎ》らわせているような母に言った。

宗三があらためて静岡からの電話で東京から家に呼びつけられたのは、父親が、この際に宗三にも言っておいたほうがいいと言った晩から四か月ほど経ってだった。

店先には美奈子の姿はなかった。彼を迎える店員の顔は、その挨拶の言葉と違って好奇心が露骨に出ていた。

「まだ兄貴からは連絡がないの？」

と、宗三は奥の一間にはいって父親に訊いた。母は暗い顔をしていた。美奈子の姿はそこにもなかった。

「二時間前に居所を報《し》らせてきた人がいる。むろん、本人からは何も言ってこない」

父親はいまいましそうに言った。

「どこに居るの？」

「新潟だ。場所もだいたい見当がついとる」

「新潟？」

宗三は、中庭の上にひろがっているうすら寒い冬雲を見上げた。雪の厚く積んだ屋根の下で炬燵《こたつ》に対《むか》い合って坐《すわ》っている兄と女の姿を想像した。侘《わび》しい六畳一間の模様まで浮かんだ。駈落ちということから安宿の二階を連想したのだった。

四か月ほど前、兄の寿夫が二晩の外泊をつづけたとき、両親に打明けられた話が兄の女のことだった。相手は兄より三つ年上のキャバレーの女だった。美奈子と結婚する一年前から関係がつづいていたという。ただ、女には前から世話になっている男がいた。そのため寿夫の結婚にはやむなく承知したものの、女はそれで諦めたのではなかった。

相変わらず寿夫を呼び出してくる。彼のほうもずるずると引きずられるように前どおりになって、近ごろは外泊が重なるということだった。

年上の女は寿夫に惚《ほ》れていた。金を出してくれる男のある身では、寿夫と結婚できないことは承知していたが、そのまま別れるのはいやだと言い張った。彼女は寿夫が結婚すると同時に前の男とも手を切った。それは女の覚悟を示していた。

美奈子との縁談がもち上がったとき、兄が何となく躊躇《ちゅうちょ》したのは、その女の問題があったからだと宗三に初めて分かった。美奈子の平凡なところに兄が不満を持ち、それで二人の弟に否定のほうの確認を求めているのかと思ったが、そうではなかったのだ。そのとき、兄は弟たちに美奈子との結婚に強い賛成を求め、それを力にキャバレーの女と別れるつもりでいたのだ。

母は、その女が気が強くて、だれが中にはいっても承知しないと言った。女は、そのキャバレーではナンバー・ワンとかで、収入も多いし、自活は十分にできる。それが女をますます強気にしたようであった。寿夫に訊いてみると、女とは別れるときっぱり答える。しかし、どうも相手に引きずられているらしく、美奈子と結婚した当座はそれほどでもなかったが、半年を過ぎてから、また前通りになったと母は説明した。おれもそのキャバレーにそっと行ってみたが、化粧できれいなだけで、手練手管《てれんてくだ》で男をつかまえているのだと、父親は話した。母は、いや、三つ年上の女だけに本気で寿夫に打込んでいる、深情《ふかなさ》けだけに困ったものだと、溜息をついていた。寿夫は、もうすぐ手を切る、これは自分の責任だからそれまで黙っていてくれと逃げているということだった。

今度のことで美奈子さんを見直したと、父親はやはりそのときに言った。事情を知ってもちっとも寿夫を恨まないでいる、お父さんやお母さんにご心配をかけて済《す》まないと詫びる、その心根がいじらしいと、父親は鼻を詰らせた。どうか寿夫がその言葉どおりに眼が醒《さ》めてくれればいいと言っていた。おまえはどう思うと母が訊いたので、弟のことだし、自分から兄貴に言っても妙なことになる、かえって、そういう恋愛ははたであまりやかましく言うと逆な効果にならないとも限らない、兄貴も女とは実際に別れたがっているに違いないのだし、もう少し時期をみたらと宗三は答えておいた。

美奈子さんは近ごろ、ずっときれいになったし、素直な気持ちで亭主想いなのに、寿夫も勿体《もったい》ないやつだと、父親は横で口を歪《ゆが》めた。

宗三は、近ごろきれいになったという父親の言葉に、父も男として自分と同じように美奈子の変化を見ていたのかと思った。

その後、東京に静岡からの手紙はこなかった。宗三も遠慮してハガキも出さなかった。その矢先に寿夫が相手の女と家出したという電話だったのである。善後策で相談したいというので宗三はこうして即日に帰った。

大阪の次兄は仕事の都合とかで、戻ってこなかった。宗三は、あわてて東京から帰った自分の心を、両親に、とくに美奈子に何か推量されそうなのをおそれた。

両親と美奈子と、それに宗三を加えて四人の相談となった。美奈子は素顔だった。泪《なみだ》で化粧する間がないようだったが、相変わらず弾《はず》みのある皮膚には白い艶があった。

新潟にいる寿夫を迎えに行くというのが話合いの結論になった。そう主張したのは美奈子だった。自分が遇えば寿夫は必ず女と別れて家に戻ってくれると彼女は言った。寿夫は気の弱い人だからと言い、自分の説得力を信じていた。彼を許しているのは妻だし、その妻が迎えに行くのだから、寿夫の連戻しは成功しそうに思えた。

寿夫は美奈子を嫌っているのではなく、女のとりこになっている。寿夫も脱出を望んでいると思われる。新潟などにいても仕方がないのだ。これからは年上の女といっしょに各地を転々として零落《れいらく》するだけである。女は厚化粧をして働くだろうが、寿夫には生活力がない、和菓子の製造も自分の工場でうろ覚えしただけで、一本立ちの職人として通るはずもなかった。母は寿夫が可哀想だといって泣いた。

女房の迎えで亭主が家に戻ってくるのは世間に例のないことではなかった。ただ、今度の場合は美奈子一人を新潟にやるわけにはゆかなかった。遠い道中もある。寿夫には気の強い女もついている。この場合、父親が顔を出すのは不得策だった。かえって寿夫の反抗を誘いかねない。

「宗三、おまえが嫂《ねえ》さんについて行ってくれや」

と、父は言った。

寿夫がすぐその場で家に戻るのを承知するとは考えられない。女も横にいることだし、面目もあろう。二、三日かかるかもしれない。その間、美奈子は市内のべつな宿に泊ることになるのだが、それに宗三が付添うようにと両親は言うのだった。

宗三の胸の奥で動悸が鳴った。

翌朝、身延《みのぶ》線で甲府に出て、中央線に乗り換えた。長い時間だった。山は真白だったが、沿線には思ったほど雪は積んでなかった。列車の中で宗三は本ばかり読んでいた。だが、内容が頭にはいってこないので困った。美奈子はそれほど宗三を意識せず、自分のためについてきてくれた義弟に気づかいを見せるだけだった。宗三は、美奈子が、たとえば蜜柑《みかん》を渡してくれたりするときなど指がふれたりすると臆病になったが、彼女は平気そうだった。しかし、直江津《なおえつ》が近くなってくると、美奈子は硬い表情になり、一心にもの想いするようになった。彼女は座席の上で辛そうにたびたび身体を動かした。昂奮が抑え切れない様子がそれでよく分かった。宗三は、兄のことしか考えてない美奈子に軽い失望をおぼえ、ひとり相撲《ずもう》をとっているような自分に滑稽を感じた。うす暗くなった窓には白い妙高山が滲《にじ》んでいた。赤倉では人が降りた。

新潟もそれほど雪は多くなかった。夜の八時すぎの駅前には商店の灯がうすい雪の上を照らしていた。長い間、汽車のスチームに蒸《む》された頰には冷たい空気が快かった。

タクシーの運転手に住所名を示すと、連れて行かれたのは、信濃川が裏に見える通りだった。××荘というのは、予想したような侘しい旅館ではなく、そのころ地方では珍しいアパートであった。外から新しい建物を見上げた美奈子の顔はけわしかった。寿夫と女の生活がそこに根を据えているように宗三にも思え、彼もショックをうけた。

今夜は、どこかに宿をとり、美奈子はそこで待ち、まず自分ひとりが寿夫と女に遇ってみようと宗三は嫂に言った。しかし、彼女はアパートの前で待っていると言った。それは強情そうな返事だった。寒い風の吹きさらしの中で、一時間でも二時間でも宗三との話の様子を外で待つという美奈子の顔には思い詰めたものがあった。

管理人に教えられた部屋のドアをノックすると、寿夫が顔を出した。宗三を見ると、兄は、おお、と言った。が、予期しないでもない表情だった。

「おまえ、ひとりか？」

兄は宗三のうしろをのぞくようにした。

「実は、嫂さんが下まで来ている」

部屋の中に女がいると思って宗三は小さな声で言った。兄はかすかにうなずいた。覚悟しているようだった。兄の顔にそれほど困惑がみられなかったのは、兄も美奈子がくるのを期待していたのかと宗三は思った。それだと話がしやすい。

「女《あれ》はいま居ないよ。まあはいれ」

と、寿夫のほうから言った。

ガスストーブの燃えるその部屋は、しゃれた装飾ができていた。それが女の手でなされていることは一目で分かった。まるで新婚夫婦の部屋であった。このつくられた雰囲気で女が寿夫をつなぎとめているようでもあった。少なくともここには予想された駈落《かけおち》者のうらさびしさはなく、男がぬくぬくと安住しそうな華やかさがあった。兄の性格を考えて、宗三は困ったと思った。いや、それ以上に困るのは、この部屋にはいって、美奈子がどう思うかであった。

親父たちはどう言っている、と派手なセーターをきた寿夫は椅子の上に腰を落ちつけて、最初に訊いた。卓も椅子も棚も、その上に載っている飾りものもみんな新しかった。宗三は兄が家出をするとき、店の金三万円余を持ち出したと聞いたが、もちろん、それだけではなく女の金が相当に手伝っているに違いなかった。

兄は、宗三の話を黙って聞いていた。しかし、深刻に悩んでいる様子はなかった。三十分経ったが、女は帰ってこなかった。さっきから想像しているのだが、この街のキャバレーにでも働きに出ているらしかった。静岡のキャバレーでもナンバー・ワンだったのだから、この土地でも売れっ子になっているのだろう。兄の様子には、働きに出ている女の戻りを待っている髪結の亭主的な図々《ずうずう》しささえみえた。とにかく、この生活に充足している兄の顔であった。

いま、すぐに静岡に帰るのはむずかしい、と兄は言った。気の乗らない話し方だった。

「ぼくだけでは何だろうから嫂さんと話し合ってくれ。さっきから寒いところに立っていることでもあるし……」

宗三が言うと、寿夫は、それではここに上げろと命じた。女が当分はここに戻りそうにないので、兄は妻と安心して話ができると考えたようであった。

下に降りると、美奈子は玄関外の横に立っていた。少し前から降り出したらしい粉雪が彼女のネッカチーフと肩の上にうすくたまっていた。ネッカチーフは雪が降り出してから被ったらしいが、その赤い色がなまめいて見えた。

「兄貴が呼んでいます。ぼくはここに居ますから。……女は留守です」

宗三が言うと、美奈子は顎《あご》を引いて、

「すみません」

と低く言った。その白い息が宗三の顔にじかにかかった。

3

アパートに美奈子がはいってから二十分ほど経った。宗三は、彼女と自分のと二つのトランクを軒下に置いて立っていた。

家と家の隙間から裏の信濃川の風が粉雪を吹きつけていたが、宗三は、いま、部屋の中でつづけられている兄と美奈子の話合いを想像して寒くはなかった。

兄は、美奈子の説得に応じるだろうか。いや、それより前に、新婚のように華やかな部屋の様子を美奈子がどう見たかである。彼女も、寿夫が侘しい安宿にうずくまっていると思っていたのだ。

宗三が見た兄は、女の派手な色と香の満ちた部屋に腰を落ちつけているようだった。

年上の女の舐《な》めるような愛情の中にぬくぬくとくるまってみえた。弟の勧《すす》めに、兄は子どものように当惑そうな表情をしただけであった。

しかし、美奈子と話せば兄も異《ちが》う反応をみせるかもしれない。兄の気持ちは女と妻の間に懸《かか》って宙ぶらりんの状態にあるようにも思われる。家を出てその女と一生暮らしていいことがないぐらいは兄にも分かっている。生活力もないし、財産相続を放棄してしまっての苦労も承知しているに違いなかった。

次に、兄は美奈子が頭から嫌いなわけではなかった。たしかに彼は、結婚後、磨《みが》かれてゆくような妻に惹《ひ》かれていたと思う。現在いっしょにいる女の、遊んで面白いのとは違って、目立たない、鈍《にぶ》い艶のような妻の愛情も好ましいと思っているだろう。その中に包まれてこそ安定のあることを兄自身がよく知っているのではないか。

それに、美奈子には案外芯《しん》の強さがあった。世間を知っていないひたむきなところがあった。こうして女といっしょに住む夫のもとに乗り込むなど、結婚後日が浅いのに、ちょっとできないことである。親とか親戚とかをさし向けて、自分は家の中で結果を待っているのが普通であろう。

宗三は、ときどき足踏みして佇《たたず》みながら、いま、寿夫が腰をあげ、美奈子に手伝わせて帰り支度にかかっているような場面を想像した。女の戻ってこない留守の間のほうが兄にも帰りやすいにちがいない。もしかすると、置手紙ぐらい書いているところかもしれなかった。宗三はそんなことを考えていた。

その雪の中から黒い人影が動いてあらわれた。全く突然のことであった。宗三がうっかりしていたので不意に思えたのかもしれない。玄関の灯の輪の中に先方がはいってきたのではじめて見えたのかもしれなかった。

うすい光に照らし出されたその女は真赤なコートを着ていたし、夜目にも長い脚だった。急いで玄関をはいりかけた女が、軒下に人がいるのに気づいたようにこっちをむいた。

その顔は逆光で暗かったが、兄の女だと直感した。女もはっとしたようだった。宗三の足もとには二個のトランクがある。女はそれに視線を走らせて事態を察したらしかった。彼女は宗三が何者か知ったようにちょっと頭を下げた。彼も反射的に目礼した。女は何かもの言いたそうに瞬間ためらっていたが、つと玄関の中に走るようにはいった。背の高い姿が彼の眼に残った。トランクが一個だったら、女は近づいてきたかもしれない。あとで宗三はそう思った。

宗三は身体の中が熱くなった。胸が騒いで、じっとしていられなかった。

女がこんな早い時間に店から帰ったのは、やはり虫が知らせたのであろう。とにかく、いきなり女二人の正面からの対決となった。兄の狼狽《ろうばい》ぶりが目に見えるようであった。耳を澄ましたが中からの声は洩れなかった。物音もしなかった。

宗三は今にも兄か美奈子かが自分を呼びにくると予期していた。兄の部屋に呼び上げられたら、女を前にしてどんな話をしたものか。静岡からずっとそれを考えていたのだが、実際の場になると自分の言葉がどれだけ役立つか自信はなかった。考えた通りに言えるかどうかもおぼつかなかった。

背の高い女がはいってから二十分ぐらいすぎた。中から音がした。と、すぐに玄関の戸が開き、美奈子が出てきた。コートを着ていた。

宗三が近づくと、

「帰りましょう」

と、美奈子は低い抑えた声で言った。

宗三は、あっと思った。気を呑《の》まれて、

「どうなったんです？」

ときくと、

「もう、いいんです。これから静岡に帰りましょう」

と、はっきり言い、そこに置いてある自分のトランクに手をかけた。

玄関の戸はそれきり閉まったままだった。兄が出てくる様子はなかった。

「ぼくがひとりで行って兄貴と話して来ましょうか？」

責任上そう言った。

「いいんです。もう」

美奈子は激しい口調で言った。顔つきも険《けわ》しかった。よけいなことをするな、と叱られたみたいで宗三は声が出なかった。

美奈子は顔をまっすぐにあげてずんずんと歩いた。吹きつける雪に向かっているようであった。その様子だけで宗三にはすべてが分かった。女が帰ったために話は不調に終わったのだ。その前からも、兄との話合いがうまくゆかなかったのかもしれないが、宗三にはそれが女のせいのように思われた。それも、美奈子のほうから話を打切ってきたような気がする。舞込むようにそこに帰ってきた女を見て美奈子の感情が湧き立ったのだろう。華やかな部屋の雰囲気をつくって寿夫を太平楽《たいへいらく》な中に沈めている女である。

歩いていても美奈子は口をきかなかった。宗三は質問を封じられているようで、彼女に気をつかっているだけであった。二人は灯の多い方角に歩いた。九時半だった。タクシーは通らない。歩いている人影がまばらなのも寂しかった。勝手の分からない雪の新潟の夜をこうして嫂とトランクを提《さ》げて歩いたことがあとで想い出になるだろうと宗三は手の先をかじかませながら思った。それは、その通りになった。

やっとのことで駅行のバスがきた。

バスの中の、明るい光線で見た美奈子の顔は硬《こわ》ばっていた。宗三は正視できなかった。駅に着いた。宗三は、美奈子がここから客待ちのタクシーに乗って、旅館に行くものと思っていた。

「静岡行は何時があります？」

美奈子は、かたい声で宗三に訊いた。

夜行列車で帰るつもりなのだ。寿夫が女といっしょにいる新潟に泊る気がしないのであろう。

中央線回りも、北陸線で米原経由の東海道線も通しのものはなかった。みんな途中どまりである。ただ上越線だけが東京直行になっていた。あと十五分で出る。

「それにしましょう」

宗三から聞いて美奈子はすぐに言った。一刻も早く新潟を去りたいようであった。

寝台はとれなかった。二等が二枚手にはいった。今朝早く静岡を発《た》っての日帰りの夜行だから疲れるだろうと思った。しかし、どっちにしても今夜は美奈子も昂奮で眠れないだろう。

列車が動き出したが、美奈子は遠ざかる町を見ようともしなかった。闇の中に白い屋根がつづき、あたたかそうな灯が洩れていた。美奈子は窓から背をむけるような恰好でうつむいていた。夫のいる新潟の町など見たくもないといった硬い顔であった。泣いてはいず、強情そうな表情だった。

宗三は、美奈子から兄との話合いの結果をききたかったが、彼女の様子ではとてもそんな質問をうけつけそうになかった。大体の想像がついているが、知りたいのは美奈子の決心である。寿夫は静岡に帰らないと答えたに違いない。部屋に戻ってきた女の前である。

そのときの会話の模様や、女の様子がどうだったかも宗三は知っておきたかった。このままだと何も分かっていない。せっかく、美奈子に付いて行ったのに、まるきり役に立たない自分が情けなかった。静岡に帰っても両親に報告のしようがなかった。

しかし、まさかこのまま美奈子が何も話さないでいるわけでもなかろう。そのうち、いまの昂《たか》ぶりがおさまれば、ぼつぼつでも語ってくれると思い、それを待つほかはなかった。

新潟の町が消え、あとは暗い中にひろがる白い原野だった。車窓の灯が近くの雪の厚さを見せた。

宗三は、来るときにおぼえていた胸のときめきが、あとかたもなく消えているのを知った。兄との話がつくまで嫂といっしょに新潟の宿に一晩か二晩泊る期待に心がひそかにふるえていた。

その動悸は新潟が近づくにつれて高くなったものである。だが、それは彼のひとり相撲《ずもう》であった。美奈子の頭には兄のことしかなかったのだ。今度それがよく分かった。兄に背《そむ》かれたことに彼女のすべての意識が集中していた。宗三などは問題でなかった。げんに兄との話合いのことを何も洩らさないのである。相談相手としても彼を認めていなかった。

列車が山の上りにかかった。積雪がしだいに深くなった。

美奈子は依然として黙っている。宗三も窮屈な思いで口を閉じていた。

通路を隔《へだ》てた隣りの席で、五十年配の男が、二十五、六くらいの和服コートを着た女とさっきから話合っていた。女の話しぶりには下品なものがあった。男は、女のおしゃべりをうれしそうに聞き、しきりにうなずいていた。列車の音で聞きとれないときなど、女の胸のところまで頭を持っていっていた。男の声は渋《しぶ》かった。夫婦でもなく、父娘《おやこ》でもなかった。その会話はいやでも、黙っている宗三の耳にはいった。美奈子もそうであったろう。

水上温泉は、あと一時間半くらいね、と女がコートの袖をめくって男に言った。男は相好《そうごう》を崩して何か言った。女は馴《な》れた手つきで男の肩を打った。

水上が近くなったとき、隣席の男女がそわそわと降り支度をはじめた。

「宗三さん。次で降りましょう」

急に美奈子が言い出した。

「え？」

宗三が顔を上げると、美奈子は眼を遠くに投げていた。

「わたし、疲れたわ。次は温泉地でしょう。宿、どんなところでもいいから横になりたいわ」

峠を越えた列車は加速度を減らすのに苦労しているようだった。

不意のことだし、宗三はあわてた。急に血が頭をかけ上がってきた。列車が停まると、二人は隣りの男女のうしろについてホームに降りた。

もう十二時を過ぎていた。駅に旅館の客引がまだ居たのは仕合せだった。すぐそこですから、と客引は自分で歩いて先に立った。これが最終であった。さっきの男女は迎えの車で走って行った。

宗三は、凍《い》てた雪に靴がすべりそうになりながら坂を歩いた。彼には旅館街の灯が自分の心臓の動きを遠くから照らしているように思えた。

客引が旅館の玄関で、ご夫婦ですよ、と奥にどなった。頭の上に雪をのせた松の枝が伸びていた。

「あなたの兄さんとは別れたわ」

と、美奈子は床の中で仰《あお》向《む》いて言い、蒲団の下から彼に手をさし伸べた。それだけ言って、余分な説明はなかった。

「別れたのよ。本当に。だから、わたしはあなたの嫂でもないし、あなたはわたしの弟でもないのよ。……今夜から宗三さんと仲よしになるわ」

水上温泉では二泊した。熱海では一泊した。宗三は美奈子に引張られた。おとなしい美奈子にどうしてそんな情欲がひそんでいたかと宗三はおどろいた。

水上温泉からまっすぐに静岡に帰らなかったことが宗三に苦しかった。静岡のほうでは新潟に逗留し、宗三の介添で美奈子と寿夫との話合いがすすんでいるように思っているだろう。帰りの日が延びていることで、交渉がうまく運んでいるようにとっているかもしれない。宗三はじっとしていられなかった。

美奈子は性根《しょうね》を据えたようであった。静岡に帰ったら、すぐに両親に話して実家に戻ると言った。宗三とのことは一生の秘密にするとも言った。宗三に対して恋愛めいた言葉は口にしなかった。宗三にはそれが不服でないでもなかったが、嫂という気持ちが捨てきれず、彼女に手を引かれているような思いであった。年上の女の情欲に身をゆだねているというよりも、嫂と通じている意識に自分を溺れさせていた。この関係にあとは無いのだと思うと、恋愛めいた言葉を聞かないほうがかえってよかった。

美奈子の誘惑が、寿夫への仕返しだったことは宗三にはもちろん分かっていた。兄を愛することが深かっただけに、その復讐が激しかったと思うのである。だが、夫を新潟に訪ねて行かなかったら、美奈子もこうまではならなかったと思う。あの新婚のような部屋の中に寿夫と女がならんで坐っているのを見なかったら、美奈子も普通の場合のように、泪《なみだ》を流して名古屋の実家に帰って行くだけではなかったろうか。

だが、宗三は美奈子がそういう気になったのは、それだけではないと思っている。美奈子は宗三の気持ちを知っていたのだ。二、三か月ごとに帰ってくる宗三の自分を見る眼が異《ちが》っていたこと、兄の家出のことですぐに東京から静岡にとんで帰ったこと、それから新潟までの長い時間での彼の落ちつかなさ。――外に現われたこまかな動作を美奈子は観察していたように思う。宗三の奥深い感情の微細な粒が女の感覚の光線に当てられて浮かび、それを彼女は素知らぬげに集めて眺めながら微笑していた――そんな気がするのである。

宗三は美奈子の嬌態を発見しておどろいた。飾り気のない、素朴に近いくらいピュアーな感じの彼女にそんなものが秘められていたのかとまじまじと見つめる思いであった。娼婦のような外見の女よりも、こうした素人女《しろうと》のほうが厚いコケットリーを持っていた。美奈子は寿夫と結婚して一年半しか経っていない。一年半の間に兄が妻をそのように開かせたのだろうか。兄は遊び人であった。いま新潟にいっしょにいるキャバレーの女の前にも幾人かの交渉があった。そのことごとくが水商売の女であった。兄の体験が妻を急速に訓練したのか。宗三は、東京から帰ってくるたびに柔軟な身体つきになっていた美奈子の変化を思い出したが、しかし、そんなことがありうるだろうかとも疑った。それは美奈子の側にその素地があったとはいえないだろうか。東京から帰るたびに、彼女の眼のまわりと鼻のわきに浮かぶ脂《あぶら》艶の光が増してきていたのに思い当たった。

——静岡に帰ると、新潟からの兄の電報が二日前に届いていた。両親に宛てて、いま、美奈子が帰ったが自分には帰宅の意志はないから彼女の処置を一任するという意味だった。兄は、あの晩すぐにその電報を打ったらしかった。当然に三晩もどこかで泊ってきた美奈子と宗三の行動が両親の疑惑をよんだ。

美奈子はすぐに名古屋の実家に戻って行った。離別する嫁のことだから、三晩泊りの行動を両親はあからさまには問わなかった。しかし、別れの挨拶を述べる美奈子に、父も母も態度は冷たかった。宗三は遁《に》げるように東京に去った。

一か月ほどして、下宿の家に名古屋から電話があった。それは宗三の外出中で、帰ってきて聞いたのである。名前は言わずに女の声だったと下宿の人は言った。美奈子だと思った。宗三は、一週間ばかり外にも出ずに待ったが、それきり電話はかかってこなかった。美奈子の実家にこちらから電話する気はなかった。

二年後、兄は女と別れて家に戻り、再婚して今は子どもが二人いる。両親は死んだ。むろん宗三と美奈子のことは兄には黙っていた。兄は何ごともなかったような顔をして暮らしている。宗三も兄には何ごともなかったようなふりをしている。

美奈子が再婚したらしいという話はかなり経ってから宗三は耳にした。銀座の再会までには十四年かかった。——

4

池袋で美奈子と別れてから三日後、宗三は学校で主任教授に遇った。

「備中《びっちゅう》の浜尾新田の住居址《あと》発掘のことは、向こうから何か言ってきましたか?」

宗三は前からその調査には自分が当たりたいと志願していた。もっとも、当時はそれを機会にして美奈子と尾道で会うことになろうとは予想もしてなかった。

「それが、どうもねえ……」

主任教授は渋い顔をした。

「どうも、向こうでは自分のほうが主体となって何もかもやってみたいらしいよ。こちらには手伝いだけを寄こしてくれという意向なんだ」

その返事に宗三は失望した。

岡山県の西端で広島県境に近い田舎に最近弥生《やよい》式時代の住居址が発見されたが、まだその一部を掘っただけであった。そこは住居址だけでなく、水田の址もある。海岸線から二十キロばかり内陸にはいった所で、はっきり分からないが、どうやら静岡県の登呂《とろ》遺跡に次ぐ規模になりそうだということである。

もしそうだとすると、地元の大学だけでなく、こっちの大学からも行って持場を分担して発掘したい。登呂遺跡の発掘の場合がそうで、これは各大学が分担しての事業だった。

今度の岡山県のもそうなるものと思っていた。ところが、いま主任教授の話だと、地元の大学で全部をやってみたいらしい。ただ、こっちからは応援に来てほしいという虫のいい話である。

発掘には大学に予算がないからどうしても学生を人夫代わりに使うことになる。それも自分の学校だけでは限度があるので、よその大学から学生の手助けを求めることが多い。その場合、応援する側の学校では学生に付けて助手ぐらいは送るが、教授はもとより、助教授も講師も行かないことになっている。これは主体の学校に対する仁義的な慣習だった。

したがって、今度も応援となれば学生だけを手伝いに派遣して助教授の宗三は行かないことになったのである。

学界には妙な習慣があって、地域によっては学校関係に親疎《しんそ》がある。岡山県の大学が地理的に近い関西の大学に応援を求めずに、遠い東京に申し込んでくるのは、そんな事情からだった。教授は悪い気持ちがしていないようである。

「しかし、向こうでは、掘ってみて予想外に大きなものだったら、当然こちらの分担作業をお願いすると言ってきている。そのときは君に頼むよ」

宗三は、一か月先に美奈子と尾道で会う約束をすてなければならなかった。

だが、自分でも九分通りまで岡山行が予定通りになると思っていたことなので、それがはずれたとなると、彼はよけいに行ってみたくなった。発掘のほうが駄目となれば尾道だけでもいい、何とかして都合をつけて美奈子に遇いたかった。

美奈子もあれほど喜んで帰ったのである。別れるときの彼女の様子が眼に戻ってくる。いつも別れぎわの悪い彼女が、一か月のうちに遇えると聞いてひどくはずんだ姿でタクシーに乗ったのだ。

あのとき、彼も尾道での逢引きを考えて、タクシーが道を間違えて走るのにも、ついうっかりしていた。——そういえばあのタクシーの運転手は少々ひどかった。池袋から荻窪に行くというのに新宿を回ろうとしていた。池袋からは新宿に出て、次に青梅街道を西に行かなければ荻窪には到達しないものと心得ていたのだ。

目白駅前を通過したが、あの運転手は環状六号線に出ることを知らず、昭和通りにはいることも分からなかった。いちいち客席から指図しなければならなかった。昭和通りからがまた厄介で、左に行けとか、右に曲がれとか、骨の折れることであった。あれでは、こっちのほうで道順の案内料を貰いたくなる。東京の地理を知らない田舎出の運転手のおかげで、美奈子と尾道で会う車中の空想が寸断されたものである。

……とにかく彼女があれほど期待を持っていたのである。宗三は、今さら学校の都合で行けなくなったとは言ってやれなかった。彼は、どちらかというと自分よりも相手の気持ちをよけいに考えるほうであった。美奈子を落胆させたくなかった。約束は実行したかった。

宗三は、学校の用事ではなく自分で尾道に行ってみようと思いたった。むしろ、そのほうが自由なのである。発掘のことだと現地の学生たちと合宿しなければならないし、仕事の途中で脱出するのは厄介だった。ことに、女に会いに行くのだから良心が咎《とが》める。私用でひとりで行けば、そんな面倒な拘束もなかった。

いつでも尾道に行けると思うと、宗三は一か月先を待つ必要はないと思うようになった。もっと前でいい、半月先でもいっこうにかまわないと考えた。それだけ美奈子のほうもよろこぶに違いなかった。

宗三は然るべき口実をつくって、二週間先に三日間の暇を教授に了解してもらうことにした。教授はもちろん承諾した。その間の休講の手続きもとった。

そうなると宗三には美奈子に一日でも早く遇いたい気持ちが湧《わ》き、その日が待ち遠しくなった。

宗三は、先輩教授の世話で、他の大学の教授の娘と結婚していた。美しくはないが、おとなしい妻だった。教師の家庭に育っただけに、彼が地方に出るのも、その口実通り学問のためだと信じていた。父親がそうだったように、夫もそうだと思いこんでいた。それに、宗三は勉強家のほうだった。夜中まで机の前に居て本をひろげたり、ものを書いたりしている。宗三の研究は学界でもわりあい注目されていた。

宗三は尾道には行ったことがなかった。若いとき志賀直哉の小説「暗夜行路」を読んで、その中での知識くらいだった。美奈子は尾道では山陽旅荘がいいといったが、どのような旅館なのか、見当もつかなかった。

彼は他人に訊くこともできないので、時刻表の裏についている旅館名の一覧表を見た。料金の高い旅館がよさそうに思えた。「山陽旅荘」はその中にあった。交通公社の案内所に行って聞合わせてもらうと、そこは目下改築中で当分は休業だということだった。係員は「内海荘」というのを択《えら》んでくれた。それが出発する三日前であった。

尾道だけに二晩泊るのも変化がないと思い、その前夜は岡山に一泊することにした。ここでの宿も交通公社のほうで択んでくれた。

係員に宗三は夫婦で泊りたいと言ったが、きまりが悪かった。名前は思いつきで早川ということにしておいた。

学校からも、家からも松山の美奈子の家に電話はできなかった。彼はわざわざ電話局まで出かけ、そこから彼女の店に電話した。ダイヤルなのですぐに先方は出た。

宗三は、美奈子が東京で取引をしている或る店の名前を電話口に出た男の声に告げた。奥さんをお願いします、と言うと、疑いもせずに男は引込んだ。彼女の夫でなく、店員らしい若い声だったので宗三は安堵《あんど》した。

「もしもし……」

間を置いて女の声が出た。宗三は、それが美奈子の声に間違いないと耳を澄まして確かめてから、

「美奈子さんですね。ぼくです」

と言った。美奈子はすぐに返事しなかった。

宗三は、彼女でなく、ほかの女が出たのかと思ってどきりとしたが、それは美奈子のほうで急に彼の声を聞いたため、すぐに返事ができなかったのだった。

「はい。丸茂屋さんですか。いつもお世話さまになります」

美奈子は大きな声で東京の商店名を言った。それから、ちょっとお待ち下さい、と言って、近くにいる店員に何か用事をいいつけていた。へえ、という声がして店員が立ち去る気配が電話に伝わった。

「まあ、おどろいたわ」

と、美奈子の声が急に低く、しかし、はっきり聞こえた。受話器を手で囲んで話しているらしく、彼女の弾《はず》んだ息づかいまで聞き取れた。

「いいですか。ぼく、用件だけを言うよ。例の発掘は大学の都合でとり止めになった。手紙を書こうと思ったけれど、それではやはりまずいので、こうして電話したんだが」

「…………」

「しかし、ぼくはぜひ約束どおり尾道に行きたい。大学の用事でないだけに、かえって自由な時間がとれる。いいね。三日後の午後二時ごろ岡山駅に着く。駅だと、はぐれるおそれがあるので、備前屋ホテルというのを予約したから、そこに来てほしい。そっちが早かったら、早川という名で予約してあるから、そう言って部屋にはいって待っていて下さい、いいね……」

宗三は、もう一度旅館の名前と早川という姓を伝えた。

「それから、岡山を歩いて回り、尾道に一泊したい。尾道では内海荘という旅館をとってある」

美奈子は小さな声で、

「尾道だと、山陽旅荘というのはどうかしら？」

と、あたりをはばかるように言った。彼女が前に挙げた旅館だった。

「あいにくと、そこは改築中で当分休業だそうだ」

「あら、そう？」

「だから、そういう都合にしてほしい。いいね？」

「分かりましたわ」

「それだけです。では、遇ったときに……」

「ええ。うれしいわ。きっとね」

美奈子は、そこで急に大きな声を出して、

「では、どうかよろしくお願いします」

と、商人らしい口調になった。笑い声がまじっていた。

電話局を出た宗三には、歩いていても、あたりの景色の上から美奈子の声がまだ聞こえていた。

当日、宗三は朝早い新幹線に乗った。これは正午前には大阪に着く。山陽線に乗りかえて岡山に降りるのが二時ごろだった。

鞄の中には、いつものように参考書と筆記具などがはいっていた。方眼紙も入れてある。現場に立ったとき見取図を書く用意だった。これはいつものように妻が手伝った。宗三はちょっと良心が疼《うず》いた。

しかし、列車が動き出して東京が後に去ると、妻のこともいっしょに心から遁《に》げた。その代わり、美奈子が近づいてきて、本をよむのに身が入らなかった。活字が妙に眼を妨《さまた》げる。ときどき顔をあげて景色を見たが、そんなものはすぐ飽いた。時間消しにビュッフェにも行った。

名古屋にはなかなか到着しない。列車の停まらない沿線の駅には彼の思い出の駅が二、三あった。みんな過去の発掘につながっていた。しかし、今はそれが縁遠かった。

宗三は、どうして自分の気持ちがこんなに弾んでいるのか分からなかった。東京にくる美奈子を待っているときは、これほど気持ちが昂ぶりはしなかった。そうすると、こっちから会いに出かけることが、こんな状態にさせているのかもしれない。美奈子が東京にくるときもこんな気持ちなのであろう。宗三は上京してきた彼女と遇ったとき、つい、それほどでもない素振りになる。東京で人に遇うことに馴《な》れて、つい、その日常的なものが出てくるのである。

いつぞや、それを美奈子が非難し、自分が想っているほどあなたは私を想ってくれてないと怨《えん》じたことがあった。その気持ちが宗三にはいま初めて分かったような気がした。

名古屋を出てもまだ大阪は遠かった。二度めにビュッフェに行った。

「やあ」

と、宗三は突然向こうから声をかけられた。カウンターに肘《ひじ》をついて、こっちを向きながらビールを飲んでいる男がいる。大学のときいっしょだった長谷《はせ》徹一であった。長谷は東京で新聞社の文化部に勤めていた。美術関係を担当している。

「やあ」

と、宗三も笑顔をつくって肥《ふと》った長谷に近づいたが、悪いところで遇ったという気がした。

「どこに行くんだい?」

と、長谷はなつかしそうに訊いた。ここ二年ばかり遇っていなかった。その二年前も、考古学の話題で長谷が材料を取りにきたのである。

「大阪まで」

宗三は答えた。が、その瞬間、長谷も大阪にだと、ちょっと厄介だなと思った。宗三は、この列車を降りるとすぐに連絡する山陽線のホームに走らなければならない。

「忙しいんだね。学会か？」

と長谷は訊いた。

「そうじゃないが、まあ、似たようなものだ。君は？」

「京都だ」

宗三はほっとした。急に気が楽になって、

「仕事だろうが、今度は何だい？」

と、長谷に訊いて彼もビールを頼んだ。

いっぱいだった窓側のスタンドがあいたのをメイドが知らせた。二人は、伊吹山が走っている大きな窓を正面にして腰を下ろした。

「京都にはときどきくるよ。今度は三、四人の絵描きに会って話を聞く。あんまり面白くない仕事だ。人の話ばかり聞いてまとめるだけだからね……」

長谷は、そう言ってから二年前のことを思い出し、あのときはありがとう、と言い、

「君はなかなか評判がいいじゃないか」

と宗三のコップに自分のビールを注《つ》いだ。

「そうでもないだろう」

「いや、そうだ。考古学のほうは直接には知らないが、仕事の上で関連した話がはいってくる。君は有望な新人だとみんながほめているよ。まあ、しっかりやってくれよ。教授になるのも近いだろう?」

「そうは簡単にゆかないよ。定員があるんでね」

しかし、宗三は、今の主任教授があと二年で停年になるので、そのときは教授になれそうであった。

「君の学校にも、何かい、やっぱり学部内の勢力争いってものがあるのかい?」

長谷はジャーナリストらしい眼つきになって訊いた。

「あんまりないよ」

「それはいいな。じゃ、君の教授昇格はすんなりと行くわけだね?」

「いつのことか分からないがね」

それから昔の友だちの話になり、あいつはどうしているとか、あの男にはこんな話があるとか長谷はしゃべりつづけた。それは失敗した友人の話ばかりだった。大きな窓に山科《やましな》あたりの風景が過ぎると、長谷はコップを呷《あお》って起ち上がった。

「じゃ、また遇おう」

そそくさと言うと宗三とは反対の二等車のドアのほうへ歩いて行った。

宗三は、京都駅に着く前に自分の席へ戻った。長谷に遇ったことが少し気にかかった。

しかし、何ということはないのだ。この旅行はべつに隠しているわけではなし、学校には届けてある。むしろ、長谷としゃべって一時間近く気が紛《まぎ》れてよかったと思った。長谷はあまり生活のよくない旧友の消息を伝えた。事業に敗れた男、不運で貧乏している男、女でしくじった男、犯罪をおかした男。――

長谷は新聞社の文化部にいて著名人と交《まじ》わっている自分の仕事に満足しているようだった。それだけに長谷は大学助教授になっている宗三に単純な親愛感をもっていた。

しかし、宗三は、長谷の言葉に――旧友の没落を無邪気に語るなかに、女の失敗があったのが気になった。そうして、これから美奈子と遇う自分に暗い影のようなものを感じた。

美奈子は人妻である。もしものことがあったら自分はどうなるだろう。社会的な非難を受け、大学から放逐《ほうちく》されるかもしれない。家庭も破壊されるだろう。学徒としての順調な道も滅亡する。そして、長谷に嗤《わら》われるような落伍者の一人になるに違いない。

……

しかし、宗三は美奈子をかしこい女だと思っていた。十五年前の「間違い」もだれにも知れずに済んだ。死んだ両親はうすうす感づいていたようだが、表に出ることもなかった。げんに夫だった兄がまだ知らないのである。

再会後、彼女との関係は一年以上つづいているが危険は見えない。それは会うのが三か月に一度ということもあるが、一つは彼女が利口だからだった。性格があっさりしていた。情事の密度とは逆であった。宗三とこのままの状態をつづけても、彼女だったら彼を深追いすることはない。年の違う夫に不満があっても、地方都市の老舗の女主人として生活は安泰なのである。それを犠牲にするほど彼女は無分別ではない。いけない、と分かったらさっさと引きさがるに違いなかった。

宗三は、新潟の雪の夜、夫のアパートから出てきて、さ、静岡に帰りましょう、と言った美奈子の決断的な言葉を思い出した。きっぱりしたその声の響きがまだ耳に残っている。自分との関係も、危ないとなったら、あの調子で、さ、別れましょう、とあっさりと言うに違いなかった。若い女とは異《ちが》うのである。

宗三は、そう思うと、さっき感じた暗い影も通り雲のように過ぎて行った。再び、明るい陽が宗三の心の中に射しこんできた。何も心配することはないのだ。

岡山が近づくころ、宗三の心は浮き立っていた。――

5

宗三は岡山がこれで三度めである。前の二度は講師のころで、教授のお使いみたいなことだった。だが、今度は充実がある。ほかに用事はなく、女と遇うだけが目的だった。駅前に出た彼は心も身体も弾み切っていた。タクシーの運転手の背中に自分から話しかけた。あと、二十分くらいで美奈子を見ることができる。

城の見える大通りを走り抜けて横丁にはいると、備前屋ホテルの前に着いた。十分とかからなかった。時刻表のうしろに付いていた旅館リストの活字の実体は、案外に近代的な四階の洋風建築だった。

美奈子は先に着いているだろうか。それともあとかな、と思いながら宗三はフロントの女中二人のところに歩み寄った。

「東京から電話で予約した早川という者ですが……」

年増の女中のほうが頭を下げて、

「いらっしゃいませ。承っております」

と、カウンターの横を回って出てきた。きびきびと彼のスーツケースをとったので、宗三は迷った。美奈子が来ているかどうか分からない。とにかく、記帳するつもりでカウンターのペンのところにすすむと、

「いえ、もうご署名はいただいております」

と、女中が言った。美奈子の先着を知って、宗三は安心した。

エレベーターで三階に上がったが、廊下を歩いてもモダンな設計だった。黒と白とを主調にライト・ブラウンで調子をつけている。

「いいホテルですね」

廊下を歩きながら先に立つ女中に言うと、

「ありがとうございます。お部屋もよいのをとっておきました。お伴《つ》れさまもお気に入

ったようでございます」

と女中はふり向いて軽く頭を下げた。

「あの、何時《いつ》着きました？」

宗三は思わず訊いた。

「二時間くらい前にお見えになって、お待ちかねでございます」

二時間前の到着だとすると、美奈子はよほど朝早く松山を出たに違いなかった。

女中がドアをノックした。それが細目に開いて、美奈子の眼がのぞいた。その視線は女中の肩の後ろにある宗三の顔にすぐ移った。

美奈子はうすいベージュのスーツを着ていた。いつも、東京に出てくるときは和服で、洋服は珍しかった。いかにも遊びにきたという感じだった。

女中が去ったあと、二人は待ちかねたように唇を吸った。宗三が手を当てた美奈子の腰がしなった。彼女の激しい呼吸は宗三の鼻にかかった。

離れて、べつべつの椅子に坐った。淡褐色の絨氈《じゅうたん》の上に大きな屏風《びょうぶ》が衝立《ついたて》がわりに立っていた。屏風には四季の花の扇面が散らしてある。その蔭がベッドに違いなかった。

「わりといいね」

屏風と、壁の版画と、大きな花瓶とが硬《かた》い洋室の感覚を柔らげていた。

宗三は部屋のことを言った。

「そう。こんなホテル、松山にはないわ」

美奈子は言った。すっかり松山の人間になったものの言い方で、年齢の開いた夫との生活に定着が感じられた。

宗三はそれに安心している。安定した生活の中にぬくもっている限り、この女は決してそこから飛び出してこない。迷惑をかけない女だ。若いときと違い、分別を身につけている年齢だった。眼の下に軽いたるみができ、鼻のわきにうすい皺《しわ》が寄っている。新潟に兄の亭主を探しに行ったときとはまるで違っていた。

だが、その代わり、いまの美奈子には中年の成熟があった。腐りかけた果実にも似たその成熟は、男に暴力的な欲望を引き出す甘酸《あまず》っぱい頽廃《たいはい》をもっていた。

「どうして人の顔をじろじろ見ているの？」

美奈子は宗三の視線から顔を遠ざけるようにして言った。

「いつまでもきれいだと思って眺めていた」

「うそ。年をとったと思ってるんでしょう？」

「若いよ。そのスーツ、よく似合う」

「ああ、これ？」

美奈子は自分でスーツの胸を見たり、腕を伸ばしてみたりした。

「少し、色もデザインも若向きだと思ったんだけど、洋裁の人のおだてに乗ったわ」

「いいよ」

「そう、どうもありがとう」

「着物もだけど、たまにはその恰好のほうが新鮮だ」

「宗三さんがそう言うなら、もう二、三着つくるわ」

「ご主人はどう言ってた？」

「え？」

と、眼を大きく開いて、手で宗三を打つしぐさをした。

「また、あんなことを言って、きらいだわ。せっかく、いつもより二か月早く逢えると思って、いそいそと出て来たのに……」

「そうじゃないよ。ご主人は君が二晩泊りで出てくるのをどう言ってた、と訊いたんだよ」

宗三は質問をはぐらかした。だが、替えた質問も大事だった。

「卒業生のクラス会。姫路《ひめじ》であることにしてるの」

「ふうん。うまいね」

「いやよ。そんな言いかた」

「だけど、二時間も前に此処にはいったというのなら、よっぽど早く松山を出たんだね？」

「そう。今朝の四時半に起きて支度をし、家にハイヤーをよんで今治《いまばり》に飛ばしたの。それから六時の連絡船で尾道に十時二十分に着いたの。途中でほうぼうの島に寄るので遅いのよ。尾道を十時五十何分かの急行に乗って岡山駅に降りたのが十二時十分ごろだったかしら。そして、十二時半ごろ、ここにはいったわ」

美奈子はいちどきに言った。前からその列車や汽船を択《えら》んで用意していたことがそれでも分かった。

「たいへんだったな。朝四時半に起きたとは知らなかった。それじゃ、疲れて睡《ねむ》いだろう?」

「大丈夫。あなたを待っている間に、この椅子の上でウトウトしたから、気分がさっぱりしたわ。ねえ?」

美奈子が唇をつき出したとき、ドアに音がして女中が茶を持ってはいってきた。

宗三は煙草をくわえ、ライターをとり出した。

タクシーで後楽園、岡山城と回ってみた。美奈子は愉《たの》しそうにしていたが、ときどき通る人から顔をそむけるようにした。

「知った人?」

と、宗三が訊くと、

「どこかで見たような顔があって、もしかすると、たまにお店にくるお客さんではないかという気がするの。こっちは知らなくても、お客さんのほうではわたしの顔をおぼえているから。それに、わたし、よく街を出歩いたり、何かの集会に行ったりするでしょ。こっちが知らなくとも向こうで知ってるかも分からないわ」

美奈子は少し憂鬱《ゆううつ》な表情になった。

「やれやれ、気苦労なことだね。それじゃ、どこでも歩かれやしない」

「そうなの。度胸は決まってるつもりだけど、気がひけるのね。これだったら北海道でも行かなければのびのびできないわ」

「北海道だって松山の人や四国の人が来ているよ」

宗三は、しかし、美奈子が度胸を決めていると言ったとき、どきりとした。どういう決心なのか。まさか家を出るというのではあるまい。が、それを確かめないと心配だった。

「さっき何とか言ったね、度胸がどうだとか？」

「そうね。あなたと歩いているところを人に見られても仕方がないと思ってるわ」

「それをご亭主に告げ口されたら、どうする？」

彼は心細くなって訊いた。

「ばかね。大丈夫よ。他人はあなたがだれだか知らないわ。わたしがいっしょに歩いていても、あれは取引上の人だといえば済むじゃないの。亭主には、上手《じょうず》に納得させるわ」

美奈子の顔に妖婦の表情が通り過ぎた。

宗三は、彼女が二十違う夫に大切にされ、それを彼女がわがままで酬《むく》いていることを知った。そのような夫婦の状態は何を意味するだろう。妻の身体に満足を与え得ない夫は、家の中で妻の身勝手をゆるすことで、詫《わ》びているのかもしれない。だが、宗三は、亭主を言いくるめることができると言った美奈子の言葉に深いやすらぎをおぼえた。人妻との恋愛に美奈子ほど安全な女はいなかった。

市内を見て回るだけでは時間があまり過ぎた。宗三は、牛窓《うしまど》まで行ってみようと言った。

「牛窓って、なに？」

「奈良朝ごろに栄えた遊女の湊《みなと》だ」

「へんなところに興味をもつのね。前に行ったことがあるの？」

「そのへんの島に縄文《じょうもん》前期の貝塚がある。五、六年前に行ったけど。町の丘にはオリーブなど栽培していて、ちょっとした南国気分だが、まあ、万葉集の歌で有名だな」

「いっしょなら、どこでもいいわ」

「しかし、これからだと、こっちに戻ってくるのが暗くなるけど」

「いいじゃないの。どうせ、泊るんだもの」

寝巻きに着かえる前に、知らない土地を見て回ることも夜の愉しみを促進するアペリティーフの役割をする。

あくる朝、宗三は湯の音に眼をさました。美奈子が浴室にはいっている。窓も閉まったままだし、大きな屏風の内側だからベッドは昏《くら》かった。手を伸ばしてサイドテーブルの腕時計をとると十時に近かった。

宗三は仰向きのまま煙草を喫《す》った。快いけだるさが全身に行きわたっていた。熟睡に落ちたのが朝の二時ごろだった。

宗三が、美奈子の居る間にいっしょに風呂につかろうかなと思っているうち、湯の音はやんで桶《おけ》の音に変わった。美奈子は身体を拭《ふ》いているらしかった。彼女の夫以上に宗三が知りつくした身体だった。彼女もまたそれを貪欲《どんよく》にすすめた。

美奈子が屏風の中をのぞきにきた。煙草を喫っている宗三を見て、スリップの胸を押え、

「いま？」

と眼ざめをきいた。

うす暗い中に両肩の白さが浮き上がっていた。湯上がりで皮膚は艶を放ち、匂いをもっていた。

行きわたっていると思われた宗三の怠惰のなかには不十分なものが残っていて、刺激をうけた。

「だめよ、もうすぐ、女中さんが片づけにはいってくるわ」

美奈子の重量は、宗三の手に傾いて肩から彼の横に落ちてきた。

「十一時ごろまではだれもこないよ」

「大丈夫かしら？」

美奈子は宗三の顔の下で半眼になっていた。

岡山のホテルを出たのが昼過ぎだった。

「まだ早いわね。尾道までは列車で二時間しかかからないから、早く着きすぎても、向こうで退屈するわ」

美奈子はタクシーに乗ってから言った。まだ惰気《だき》の残っている宗三にひきかえ、彼女の顔は生き生きとしていた。

「そうだな、倉敷にでも行ってみるか」

「そうね。明日の朝早く尾道から船に乗らなきゃならないもの。できるだけ長くあなたといっしょに歩きたいわ」

運転手に言って駅に向かっているタクシーを倉敷に変えさせた。

「明日の朝が早いと言ったが、何時だね？」

「尾道を出る連絡船が六時十分、これが今治に十時十分に着くの。タクシーで松山に帰るのが十一時半くらいかしら」

「そんなに早く帰らなければならないのか？」

「家にはその時間に帰ると言ってあるの。早く帰ったほうが信用があるわ」

宗三は、彼女の工夫を知った。これは安心していい妻の常識である。

倉敷では民芸館などを見た。土蔵造りの館内にならんでいる手織りの着物の前で、美奈子はしばらくとまった。松山の店では和服の小物も扱っている。老舗《しにせ》の内儀《おかみ》の貫禄がその姿にあった。

倉敷から尾道までは二時間足らずだった。途中、山の斜面や、線路わきの崖には赤いツツジが群れていた。

駅に降りてタクシーに歩み寄った。

「内海荘まで行ってほしいんだが……」

帽子をかぶった運転手が客二人の顔を見て、

「どうぞ」

と、愛想のよい返事で、自動ドアを開けた。

タクシーは細長い街の通りを少しばかり東にむけて走った。正面の高いところに大きな橋の一部が白く見えた。近ごろ新しくできた向島までの大橋だという。上を車が走っていた。

「こっち側が千光寺です」

運転手は窓の左側を指した。家のうしろに崖がそびえていた。知っているので答えないでいると、運転手も黙った。

タクシーはその山の切れたところから狭い道にはいった。小さな店が両側にならんでいた。その左手の角からはいったタクシーは、急な坂道をぐんぐん登っていった。窓の一方に尾道の街が沈み、海と向島がよく見えてきたが、坂を下《くだ》ってくるバスや乗用車とはよくすれ違った。

道は山の中腹をとり巻くようにつけられてあるので、景色の方向はたびたび変わった。

そのへんいっぱいに木々の青い茂りが夕方の陽をうけて下の黒い影を伸ばしていた。

再び海と島が見えたところで、タクシーは旅館の前に停まった。三階の、横に長い建物だった。

「東京から電話で予約した早川です」

女中がおじぎをして荷物をうけとった。宗三が運転手に金を払うと、タクシーはさっさと走り去った。

背の低い、肥《こ》えた女中は帳場に部屋を訊いて、二人を三階の右側のはずれに近い部屋に案内した。

十畳に、四畳半の控え間がつき、部屋の感じもそう悪くなかった。縁側からは海と、島と、街とが見下ろせた。左側に大橋が威圧するように伸びている。

「今治に行く連絡船はこの前の海を通るのかな？」

宗三はならんで立っている美奈子に言った。平行して向かい合っている尾道と島の間はせまく、海が川としか映らない。

「いえ、あっちのほう」

美奈子は右手を指して、

「ここからは見えないわ」

と言った。

「船着場は？」

「船着場は分かるわ。ほら、あの白いビルに邪魔されてるけど」

美奈子はやはり右の下を指した。

「船着場まで行ってみたいな」

「どうして？　朝の六時なのよ」

「そうじゃない、今晩だよ。明日の朝がそんなに早くちゃ見送れないが、どんなところか見ておきたいよ。君がそこから四時間もかかる汽船に乗るんだから」

「うれしいわ。じゃ、あなたが疲れてなかったら、夕食をいただいてから、街の散歩がてらに行きましょう」

「君はくたびれてないのか？」

「平気。……いやよ、そんな眼つきで見ちゃア」

魚づくしの夕食の膳が済むと、二人は玄関に出た。

「タクシーをお呼びしましょうか？」

帳場の番頭が訊いた。宗三は言った。

「車よりも歩いて行きたいんだけど。街に下りるには、タクシーで道をぐるぐる回って行くよりも、この下を歩いて下りたほうが早いのでしょう？」

さっき、宗三が縁側から眺めたとき、山の急斜面を下からまっすぐに小さな路がついているのが見えていた。両側には段々畠もあるし、木立ちもある。その路はところどころ石段があって、はるか下の人家の屋根の間にかくれていた。

縁側から見える左手にはこの山の端が突き出ていて、そこにも迂回路はあるが、下は断崖になっていた。崖の途中にも下にも灌木の竹藪の茂みがあった。

番頭に案内されて、旅館の横手に回ると、下におりる道の入口があった。

そこに立って下を見た瞬間、美奈子は声をふるわせた。外灯の光が、ほとんど垂直に下降している長い路を照らしていた。

6

坂道の傾斜は、四十五度ぐらいはあろうか、とにかく、上に立って見おろすと、その白い筋が垂直に感じられるくらい急であった。

「こわいわ」

美奈子は脚をすくませていた。

「大丈夫だよ、ぼくが手をとってあげるから」

一歩先に下《お》りた宗三は、身体を斜めにして美奈子の手首を握った。

「いやだわ」

「大丈夫ったら」

「あたし高所恐怖症なの。こんなところに立つと、貧血を起こしそうだわ」

「下まで眺めるからいけないんだよ。足もとだけを見てれば何でもない。さ、下りて、下りて」

彼に手を支えられて、美奈子はやっと脚を動かした。

道は、山の斜面が赤土のためか、厚いコンクリートで固められていた。刻みがつけてないので宗三の靴も滑り気味だった。いったんすべったら後頭部をコンクリートに打ちつけ、下まで転落しそうである。道は二人やっとならんで歩けるくらいの狭さなので、よけいに急に見え、それに疎《まば》らな外灯が長い間隔で闇をつくっているのも不安だった。前面の島の灯だけが美しかった。

「こんなことだったら、回り道でもタクシーにすればよかったわ」

十歩も下りないところで美奈子は後悔をはじめた。

「ここまで来たんだもの。しようがないよ。宿には歩いて下りると言って来たんだから、いまさら、上にあがってタクシーを頼むなんて体裁が悪いよ」

宗三は、遅々として小刻みにしか進まない美奈子に言った。

「じゃ、街なんかに出ないでもいいわ。部屋に戻ればなんでもないでしょ？」

美奈子は、そこで立ちどまった。

「そんなことを言わないで、とにかく下りよう」

「こんなところで転んで、二人ともケガをしたらどうするの？　たいへんなことになるわ」

負傷すれば二人とも家に帰れなくなる。彼女は夫に知られるし、宗三は妻に露顕するという意味だった。宗三も、いまさらその言葉におどかされて引返したのでは、自分に真実がないようにみえ、彼女に卑怯《ひきよう》にもとられそうなので、

「そのときは、いっそ居直っていっしょになればいい」

と、男の虚勢で言った。

「いい覚悟だわ」

美奈子ははじめて低く笑い、握った彼の手を押し包むように指に力を入れた。尖《とが》った爪が宗三の手の甲を刺した。

また少し下りたところで、美奈子は立ちどまり、

「こわいから、わたし靴を脱ぐわ」

と、上体を宗三にあずけ、脚を片ほうずつうしろに折り曲げて中ヒールを脱《と》った。美奈子は、それで少しは安心したらしく、脚の運びも速くなった。靴音は消えた。女が靴下の裸足《はだし》で地面をピタピタと歩くのは妙な情感を起こさせる。

宗三の靴が二度すべった。

「わたしが、あなたの滑りどめになるわ」

美奈子は片手に靴を提《さ》げたまま、宗三の手をつなぎ、うしろに身体を反《そ》らして平衡をとった。

せまい急坂は、ようやく石段となった。右側の台地に家が四、五軒ならんでいる。台所らしい窓に灯があった。

「こんなところに住んでいる人は、坂の上《のぼ》り下《くだ》りがたいへんだな」

宗三は石段を下りながら言った。

「でも、好きな人といっしょなら、どこでもいいわ」

美奈子は若い娘のようなことを言った。本気ではない。旅先は女を偽《にせ》の気分にさせるらしかった。

石段が終わると、また、刻みのない、のっぺらぼうのコンクリート坂になった。勾配は前よりは、もっと急だった。

「これは、ひどい。危ないから手を放しなさい」

「あなたも靴を脱いだら?」

「いいよ。とにかく、手を放したほうが安全だよ」

宗三は美奈子の手をふり切ったが、上体が前にのめって脚がひとりでに走り出しそうなので、急いでしゃがみ、傍の木や草をつかんだ。

「それ、ごらんなさい。靴を脱いだほうがいいわよ」

「そうもいかない。靴下が泥だらけになる」

「靴下なんか、街に下りて買えばいいじゃないの。わたしも脱いでるのに」

「まあ、いい。ゆっくり下りよう」

宗三は腰をかがめて進んだ。美奈子はそのまま、うしろからついてきた。

両側からさし出た樹の茂みが外灯の光を遮断している下に出た。美奈子が宗三の背中をついた。ふりむくとその暗い中に立っていた。

「ねえ」

美奈子は顎を心もち突き出していた。それで、宗三が立ち上がって唇を当てると、彼女は片手で彼の腰を締めつけ、彼の舌の先を歯の間に引き入れた。木の葉の匂いがしていた。

「よかった」

美奈子は唇をはなしてから宗三を見つめて言った。

「やっぱりタクシーで下りなくてよかったわ。だって、こんなこと、できないんだもの」

下のほうで子どもの声がしたので、二人は脚を動かした。細い、長い急坂がやっと終わったところが寺の境内だった。子どもたちはそこにいた。


尾道の商店街は、バスやトラックの走る国道の裏側にある。美奈子もそこまで泥のついた靴下のままで靴をはいていたが、気持ちが悪いといって急いで婦人洋品店を探した。

美奈子が店にはいっている間、宗三は前をぶらぶらした。アーケードの明るい照明の中にきれいな店がならんでいた。時計店、カメラ店、土産物店、洋品店などの店さきをのぞいてもとに戻ると、ウインドウごしに美奈子がうしろ向きになって買った靴下をはいているところが見えた。スカートをたくしあげてガーターでとめている前屈みの姿に宗三は眼をはなしたが、彼には、彼女と今晩一晩しかないのが急にもの足りなく思われ

んだ。

美奈子が店から出てきて、これで気分がすうっとなったと言って、靴をとんとんと踏

「お待ちどおさま」

てきた。

「これから、どこに行くの？」

「連絡船が出るところ。明日の朝、君が乗る場所を見たい」

「いいわ」

あさってまでもう一晩泊れないか、と言いたいのを宗三は我慢した。

商店街をつき切ったところが広場で、駅は右手に見え、連絡船の発着所は左手にあった。建物の上に航路の、大きな看板があがっていた。

中にはいると、左側はフェリーボートだか遊覧船だかの発着場で、今治通いの汽船は右手だった。

駅の構内で見かけるような売店があって、うす暗い待合室には、若い女がひとり腰かけて雑誌を読んでいた。桟橋にゆく通路の上には点々と灯がついていたが、改札口は閉まっていて人影がなかった。海から漁船のエンジンの音が聞こえていた。

「寂しいな」

宗三が思わず言うと、

「今治行はもう終わったのよ。あとは、どこかの島通いの船が出るのかもしれないのね」

と、美奈子も彼の傍に立って見回していた。眼鏡をかけた売店のおばさんが店を仕舞いかけていた。汽笛が短く二度鳴った。

連絡船の発着場には、どこでも、そこはかとない哀愁が漂《ただよ》っている。宗三は、明日の朝早く、その桟橋を急ぎ足に船に行く美奈子の姿を眼に泛《うか》べた。少し哀れであった。

「お茶でも飲まない？」

美奈子には宗三ほどの感傷は見えず、そこを先に出た。

商店街に戻って、こぎれいな喫茶店にはいった。内部《なか》は暗くしてあった。旅先の町でこうしてコーヒーをのむのも新鮮な気分だった。そこにいる土地の客を見て、自分たちにストレンジャーを感じた。旅人の自由がうれしかった。

出てからタクシーを拾った。

行先を告げると、運転手はもちろん内海荘を知っていた。正面に大橋が照らし出されていた。

車はせまい通りにはいって、千光寺山の斜面の広い道路をぐるぐると駈け上がった。向島の灯が下に見えてくる。

「車で下りるよりも、あのこわい坂を歩いて下りたほうが、やっぱり早いわね」

美奈子が外を見て宗三に言った。運転手がその声を耳にして、

「内海荘の横から下りる路でしょう？　街に下りるのはあれが近道ですが、少々急すぎてね、上《のぼ》るのにはしんどいですよ」

と、背中ごしに話しかけてきた。

「どうして、あんな直線の坂道をつくったのかな。下りるのに危なかったよ」

宗三が言うと、

「だいぶん前にできた路をコンクリートでかためたんですが、はじめての人はおどろきますね。けど、ゆるい勾配にしてジグザグにつけたのでは近道になりません。近道は、危なくとも直線でないとね」

と、話好きらしい運転手は言った。お客さんは東京から来たかと訊くので、宗三は曖昧に言って口をつぐんだ。

車が、いったん山のかげになり、次に海と内海荘の屋根が見えたとき、急に速度を落とした。旅館の女中らしい若い女が道ばたに立っていたが、運転手に走ってきて、

「帰りに、ウチのお客さんを福山まで送ってよね」

と、大声で頼んだ。

すぐ横の台地の上に「汐見山荘」というネオンのあがった旅館があった。裏側になっていて、柴垣がみえた。

「あそこもいい旅館ですよ。内海荘とは斜め向こうですが、やっぱり内海荘のほうが古いだけに客が多いですな」

運転手が内海荘の玄関に車を寄せながら言った。

「お帰んなさい」

女中が二人を出迎えた。

玄関を上がって、廊下を奥に歩いていると、係りの年増の女中が現われて、

「あの、お部屋のことでございますが……」

と、相談するような眼で言った。

「実は、ご散歩にお出かけになってすぐにお離れのほうが空《あ》きましたが、そちらのほうがお気に召したら、お移りになったらいかがかと思いまして」

美奈子が宗三の顔を見た。

「離れというと?」

「はい。本館の右横ですが、一軒建になっています。もし、ご覧になるのでしたら、ご案内いたします」

「じゃ、とにかく、見せてもらいますか」

宗三は、美奈子が一戸建というのに気持ちが動いたらしいのでそう言った。

「はい。そっちのほうがおよろしかったら、すぐにお荷物を運ばしていただき、お支度をいたします」

離れは、本館から独立した小さな一戸建が五つほどあった。それぞれの家の間は、高い竹垣で囲んで人眼を遮《さえぎ》るようにしていた。中は、十畳、六畳、三畳、それに風呂場と炊事場のようなのが付いていた。奥の間の十畳は海に面し、広い縁側の硝子戸ごしに島

と街の灯が真向かいにあった。

「ここ、ちょっとした世帯がもてるわ」

美奈子は小さな台所が付いているのに満足していた。移ると決まってから、二人のスーツケースは床の間の前にならび、二つの夜具が接近してのべられてあった。懸軸《かけじく》の上の、間接照明だけを残したが、その夜明けのような光の中に蒲団の華やかな色が浮き上がっていた。

美奈子は部屋のなかを巡見し、玄関わきの三畳の間から戸を開けて外を見ていたが、

「宗三さん、ちょっと」

と、呼んだ。

「ほら、あれが、さっき女中さんが車をよびとめてた旅館なのね」

宗三がのぞくと、向かい側の空に「汐見山荘」のネオンがあって、ところどころの窓に灯のうつる大きな黒い家があった。台地の上なので、ここからだとひどく高く見えた。

「ふうん、こっちからは裏口だな」

「そうね」

海のほうで汽笛が聞こえた。美奈子は戸を閉めた。

宗三は洋服を脱ぎ、風呂にはいった。浴室もこっちのほうが広く、美奈子のいうようにこの離れ一軒で小さな世帯が持てそうであった。

湯につかっていると、美奈子がはいってきた。十四年前よりは肥えていた。大腿《ふともも》には

稚《わか》かった緊張が失われ、熟した豊饒《ほうじょう》が盛り上がっていた。

美奈子は湯をまるい肩にかけ、恐れげもなく足をまたいで浴槽にはいってきた。沈むと湯が溢れ出た。彼女はあわてて身体を半分浮かせた。

「また、肉がついたね」

「いやねえ」

眉をしかめて、

「恥ずかしいから、あなた、先に上がって頂戴」

と、中腰でタオルを胸に当てて言った。

「水上温泉のときは、これほど湯は減らなかったよ。胸も、ほら、こんなに厚くなって」

「悪い人」

宗三は湯を出て、顔を洗っていた。美奈子が上がってきて、桶に蛇口《じゃぐち》からの湯と水を入れた。

「さ、洗ってあげるから、もっと向こうむいて」

彼女は宗三の背中に片膝をついた。

「いいよ」

「そんなことを言わないで」

タオルを膝の上にひろげ、それに石鹸を入念に塗りつけた。それから、片手で彼の肩をつかまえ首筋から背中にかけてごしごしこすりはじめた。ときどき、桶に湯をくんで浴びせる。

「さ、そっちの手」

「もう、いい。あとは自分でやるよ」

「だめ。あなたは、ものぐさだから」

美奈子は彼の横に回って右腕をとった。指の先まで洗い、てきぱきと左腕と交替した。

美奈子に洗われているうちに、宗三は自分がずっと年下のような甘い気持ちになった。それは、美奈子も同じらしく、十も年上の女のようなふしぎな気分に浸っているようだった。彼女の洗い方でそれが判《わか》った。

亭主にもこんなことをしているのか、と宗三は訊こうとしたがやめた。せっかくの気分に水をさしそうである。そして、二十も年上の夫にはこんな親切はしないだろう、と思った。

「いやにおとなしいのね？」

と、美奈子が言った。

「ああ」

「気持ちがいいでしょ？」

「うん、まあね」

「今度は、胸とおなかよ。そして足」

「もういい、かんべんしてくれ」

「だめ、だめ。みんな、洗ったげる」

美奈子は再び彼の背中にまわり、うしろから彼の両脇に手を回して、首の下から胸にかけてこすりはじめた。

宗三が、両膝を合わせていると、美奈子の手がふいとやんだ。と、同時にうしろ首の下に、こそばゆい痛さを感じた。

「よせよ。そんなところ」

宗三が身体をゆすっても美奈子はしばらく顔をはなさなかった。

「宗三さん」

「………」

「ねえ、わたし、もう一晩、あなたと泊りたいわ。いい？」

宗三はすぐには返事をしなかった。

「ねえ、いい？」

美奈子は急に年下の女になって遠慮そうに訊いた。

「しかし……松山のほうはいいの？」

宗三は危ないなとは思いながらも、同意の声になって反問した。

「いいわ。あっちはなんとかなるわ」

またもや、亭主を納得させる自信のある返事だった。

7

何かの音で宗三は眼をさました。隣りの蒲団に美奈子の姿がなかった。ふりむくと彼女は縁側の厚いカーテンを半分ほど開けて後ろむきに立っていた。さっきの音はカーテンの軋《きし》りだった。硝子戸から早い朝の光がせまく流れてきていた。

宗三は腹匍《ば》いになって枕元の灰皿をひき寄せた。ついでに腕時計を見ると、六時二十分だった。マッチをする音に美奈子がふり返って、

「あら、お目ざめ？」

と言った。逆光で顔が暗かった。

「早いんだね」

「ええ……」

美奈子はまた向こうむきになった。

肘《ひじ》をついて煙草を二、三服喫っていると、汽笛が尾をひいて鳴った。それで思い当たって宗三は床《とこ》から出た。

美奈子のうしろに立って硝子戸ごしに見ると、いちめんの蒼白い中に向島のかたちが鼠《ねずみ》色に出ていた。島の山が上のほうだけ黒かった。

「たいへんな霧だな。このへん、いつもこんなに濃い霧がかかるのかね？」

　宗三は、美奈子の冷たそうな首筋を眼に入れて言った。

「ときどきね。いつもはそうでもないんだけど。松山の沖もそうだわ」

　霧の中から起重機《クレーン》の音がしていた。

「さっきの汽笛、今治《いまばり》通いの連絡船じゃなかったの？」

　宗三は訊いた。

「多分ね」

　時間的にいってそうだと思い当たって宗三は起きてきたのだ。今治行の第一便が六時十分に出るのをおぼえている。

　もう一度、長く汽笛が霧の中を伝わって鳴った。響いてくる位置が移っていた。むろん、船は見えなかった。見えなかったが、その船室に坐っているはずの美奈子の姿は浮かんだ。

　宗三には、この時間に外を見ている美奈子の気持ちが分かった。やはり松山の夫のことが気にかかっているのである。口ではいろいろと言っても、後ろめたさをもっている。予定を延ばして、もう一晩泊るというのが懸念《けねん》となっているのだろう。いま、霧の海をすすんでいるあの連絡船に乗っていさえすれば、夫の前を無事にとりつくろえるのである。男と此処《ここ》に残ること、二十も年上の夫に苦しい言訳をしなければならないこと、そうした、彼女の呵責《かしやく》と不安が、連絡船の出て行く時間に海をのぞかせたのであろう。

　美奈子も茫乎《ぼうこ》とした表情だった。彼女の後悔が、姿の知れぬ連絡船に托されている。

宗三にはそのように見えた。

「やっぱり、今朝のあの船に乗ればよかったと思っているんだろう?」

宗三が言うと、

「ううん。もう一《いち》ン日《ち》ぐらい、いいのよ」

と、美奈子は小さく首を振った。

「どうかな」

「あら、ほんとよ。だって、わたしから言い出したんだもの」

「それを後悔している」

「ばかね。それくらいで後悔するのだったら、あなたに遇いにここまで出てはこないわ」

半分は男の前での強がりと宗三はみた。宗三は、それならという気になって、彼女の肩に手を置き、片手でカーテンを引張った。朝の霧が閉じ、夜が部屋に戻った。

「寒い」

宗三は蒲団をかけた。美奈子のふところを押しひろげて、自分の胸を置くと、女の臭いをもった温《ぬく》もりに包まれてきた。美奈子のピンが枕からすべり落ちた。胸から脚にかけて、気持ちの悪いネバネバした油で塗りつけられたようになった。

美奈子が起きてピンを拾い、たくしあげた髪の中にさして浴室に行った。蛇口から湯の出る音が聞こえている。

「もういいわよ」

と、美奈子の濡れた声が宗三を呼んだ。

煙草をくわえたまま宗三は美奈子の傍に沈んだ。彼女の白い肩も、まるい胸も、興味から退《ひ》いていた。

「男って、みんなそうなの？」

美奈子が見つめて訊いた。情熱を出し切ったあと、背中をむけて寝息を立てる宗三を美奈子はいつも非難していた。

宗三は、六十を越えた夫との夜の生活を美奈子から聞いていた。それは長時間を要する。夫の苛立ちをあるときは嘲笑して眺め、あるときは哀れげに見ている。心も、からだも、冷酷な傍観者だという。誘われたいと努力しても冷えるばかりだと言った。

この女には兄との短い結婚生活があった。だが、そのときはまだ身体が閉じられていた。まして、兄にはほかに女がいた。兄は妻を開かせようとする興味も努力も持たなかった。それに夫婦の期間も短かった。いまも、美奈子はかつての夫だった兄の消息を宗三に訊いたことがない。宗三も言わなかった。

美奈子には宗三がはじめての男であった。いまもそうである。六十一の亭主は男とは言いえないのだ。彼女の充実は再会後の宗三によって行なわれ、継続されている。いうなれば宗三が実際上の夫であった。だから、彼女は宗三には積極的に求め、不満は露骨にうったえた。

「わたし、松山には帰りたくないわ」

美奈子は眼を宗三から離して窓を見て言った。浴室の窓に、うすれた霧を払うように朝の光がかがやいていた。

松山に帰りたくないというのは、もちろん永久にという意味ではなく、もう少し宗三といっしょにいたいということなのだろう。三か月ごとに遇う彼女にしてみれば、一か月後に遇えた今度の例外が心理的にも変則になって、節度を失いかけている。宗三にはそうみえた。

美奈子のうなじの毛が湯に濡れて首筋にべったりとついていた。

宗三は今日じゅうに東京に帰らなければならない用事があった。明後日の午前十一時から学校で考古学の部会がある。その席で発表するつもりの小論文があった。主任教授は厳格な人で、欠席するとうるさかった。その人の心証を悪くすると、今後の昇進に影響する。明日はその論文の最後の執筆と全体の手入れに当てる予定にしていた。

宗三は美奈子と今夜こっちに泊るなら、明日の朝の早い列車で東京に帰ってもいいと考えていたが、それでは明日の時間がいかにも少なすぎた。長く列車に揺られたあとでは疲れもするし、すぐには学問の中にはいってゆけない。時間の少ないことが何よりの圧迫で、論文に手を入れるのが不注意となりそうだった。

理想的には予定通り今日じゅうに帰京したほうがいい。だが、美奈子とのあとの一晩にも未練があった上に、彼女の気持ちを考えると無理にもこれで別れようということも口に出せなかった。仕事のことを思うと今日のうちに東京に帰りたいし、美奈子の心を察するともう一日つき合ってもいいという気持ちになるし、どっちつかずに迷っていた。旅館にタクシーを呼んでもらい、とにかく駅に行った。泊るにしても今夜はべつな所になりそうなのでスーツケースは持って出た。

駅の待合室にかかっている付近の案内地図を見た。山陽線沿いといえば岡山方面か広島方面しかなく、広島のほうは二人とも前に行ったことがある。北側の中国山脈に近い地方にはいいところがあるらしいが、美奈子が明朝の六時十分の連絡船に乗るには間に合わなかった。宗三の気持ちも、今日にするか明日にするかふらついていた。

「鞆《とも》が近いのね。わたし、まだ鞆を見たことがないわ」

美奈子が案内図を眺めて言った。いい考えだった。鞆だと福山から近い。宗三もまだこの名所を知らなかった。

ちょうど五分後に普通列車がはいってくるのでそれに急いだ。福山まで十五分ぐらいしかかからず、話をする間《ま》も何もなかった。

福山駅前から客待ちのタクシーに乗った。

「船の出るところまでどれくらいかかるかね」

宗三は運転手に訊いた。

「二十分くらいです」

城の見える通りを横切って運転手は答えた。

「仙酔島《せんすいとう》までの船の時間は？」

「十分足らずです」

「仙酔島の見物は、だいたい、どれくらいの時間で充分かね？」

「そうですな。島をひとめぐりすると一時間はかかりますが、そうでなかったら二、三十分もあればいいでしょう」

福山の街をはなれ、川沿いの道をすすむと、鞆の海岸に出た。大小の島が三つ四つ見えた。町の入口に鉄筋をつくる町工場が多かった。

小さな船着場にはいった。正面に山のそびえる仙酔島が海ぎわの旅館の建物といっしょに見え、横には堂宇をのせた小島があった。波はなかった。

「あなた、あの島の見物時間のことを運転手にいやに聞いていたけど、今日のうちに東京に帰るつもりなの？」

船がくるのを待つ間、美奈子が問うた。

「うむ、実はどうしようかと思っている」

「いやよ。もう一晩、泊ってよ」

「東京に用事がないといいんだけどね。あさって部会で発表しなければならない論文がある。それが残っているので、ほんとうは帰りたい。それさえなかったら、何日でもいっしょに居たいんだけどね」

美奈子は黙っていた。半分は彼の立場を理解しているようにもみえ、半分は不満を持っているようにもみえた。

小さな連絡船がきた。同じ船の一艘《そう》で往復する。いっしょに乗ったのは若い男女の三組の旅行者のほかは十人ばかりの土地の人だった。せまい海を渡ると、島の桟橋には中学生の団体が待っていて、この船が着けばすぐに走りこむようにひしめいていた。生徒を制《と》めている教師は、船から上がる宗三と美奈子の顔をじろりと見た。中学教師のなかでも考古学をやっている者がいるので、宗三は何となく顔をそむけた。

海ぎわの細い遊歩道を歩き、小さな洞穴をくぐって、大きな旅館の横を通り抜けると、砂地の広場だった。広場の向こうに山裾の岩場が海に落ちていた。そこにも歩く道があった。宗三はそこに足を運んだ。くるときにみた立札には、この島には七浦七湖の絶景と、八洞窟の奇岩珍穴があり、島めぐりは一時間を要するとあった。

岩場の遊歩道にさしかかると、巌石の崖に沿って上ったり下ったりで、下りの急な曲がり角では、そのまま足を海に踏みはずしそうなくらい危なかった。磯《いそ》釣りの人が下の岩に腰を下ろしていた。

その角にくると、道は山の裾をとりまいて伸び、その下が波に洗われている断崖だった。男づれが三人、向こうの道を歩いていたが、船でいっしょだった若い男女の見物人は、女のほうがおくれたか此処には来なかった。

宗三も美奈子もスーツケースを持っている。そのへんで歩くのをやめ、ならんで岩に腰を下ろした。海はひろく、漁船一つ見えなかった。

「昨夜といい、今日といい、わたしたち、危なっかしい道ばかり縁があるのね」

美奈子が煙草をとり出している宗三に言った。宗三にも千光寺山の内海荘の横から街に下りる急な坂道が浮かんだ。

しかし、美奈子が言っているのはそれだけではなかろう。危ない道という意味を二人の関係に掛けているようであった。

「その通りだな」

と、宗三はライターをとり出して答えた。

美奈子は宗三の横顔を見つめていたが、彼の口から煙草をもぎとり、左右に素早く眼を走らせたあと、唇を寄せてきた。

「ねえ、わたしたち、どうなるかしら？」

美奈子は海を見て言った。

「どうなるって、このままだろう」

宗三は美奈子の心をはかりかねて答えた。夫に気づかれそうな不安におびえているようでもあるし、二人の間の進展だけを見つめているようでもあった。あとの場合だったら、うっかりした返事はできないと宗三は思った。

「わたしね。あなたと毎日でもいっしょにいたいのよ」

「そりゃ、ぼくだってそうだけど……」

「ほんとうかしら？」

「気持ちはそうだよ。しかし……」

「しかし、おれには家庭があるというんでしょう。それから、わたしにも家庭がね」

「ま、そうだな」

「分かってるわ。……わたしね、松山の家を出てもいいと思ってるの」

宗三はおどろいて美奈子の横顔を凝視した。冗談めいた表情はなく、眼を海に投げたままだった。海の向こうは四国だった。

しかし、宗三は美奈子の言葉を信じなかった。たとえ夫に不満は持っていても彼女の生活は安泰であった。老舗《しにせ》の妻として土地の人々の尊敬を得ている。夫からは贅沢《ぜいたく》を宥《ゆる》されている。妻といっても、店の女主人と変わりないようである。それは中年の入口に立った彼女自身が何よりも知っているはずだった。その家を捨てるわけはなかった。いまの言葉は、恋人の傍にいるあらゆる女が、その瞬間は真剣でも、情熱に駆られて吐く譫語《うわごと》であった。宗三はそうとっていた。

「わたしが松山の家を出たらどうする？」

美奈子は訊いた。そのときだけ、眼がちょっといたずらっぽく変わった。

「困るね」

「困る？」

美奈子が急に強《きつ》い眼になったので、

「いや、急に出られたら困るよ」

と、宗三はあわてて答えた。彼女にこれまでの無責任を詰《なじ》られそうであった。

「でも、あなたは、尾道の坂で言ったじゃないの。あそこで転んで二人ともケガしたらどうするの、とわたしが聞いたら、そのときは居直っていっしょになればいい、と言ったわ」

「そりゃ、言ったかもしれないが」

「言ったかもしれないじゃないわ、言ったわ」

「それはケガをして、どうにも人前《ひとまえ》でとりつくろいようがなくなった場合だよ。普通の場合は、そんなことをする必要はない」

「このままでいっても、無事に済むかどうか分からないわ。人前で、どうにも言訳のできないことになるかもしれないわ」

「おどかさないでもらいたいな」

「ほんとよ。その覚悟はしといて頂戴。いざというときになってあわてないようにね」

宗三も、その事態は前からぼんやりと考えてないでもなかった。だが、最悪の状況がそれほど早く来るとは思ってなかった。ひとつには美奈子の分別を信じていた。もうひとつは、三か月ごとに一度遇っているのだから他人に知れる気づかいはないと思っていた。かりに破綻《はたん》が来ても、ずっと先の、未来の問題だと思っていた。

「わたし、そんなみじめな事態になって松山の家を出るのはいやだわ。恥ずかしいわ」

美奈子はかすかに溜息をついた。

「そんなことを今言っても仕方がないよ」

「あの坂道で、わたし、靴を脱いだわね。あなたも靴を脱いでよ」

「それは、どういう意味だ？」

「お互いにハダシになるのよ」

「そりゃ、おかしいな。あのときは、君は転ぶとあぶないから靴を脱《と》ったのだろう。げんに、あのとき、君はぼくが坂からすべり落ちそうになるのをうしろから手をつかまえて滑りどめになってあげると言ったじゃないか」

「とにかく、あなたも靴でもなんでも飾りになる邪魔なものは除《と》ってよ」

「そら、万一のときはそうなるかもしれないが、無理にそうすることはないじゃないか」

「ああ、もうイヤだわ！」

急に、美奈子は首を振った。向こうの岩に釣竿を持った男の小さな姿が歩いていた。

「もう、松山の家に辛抱するのがイヤになったわ」

「………」

「あなたは、いまの家にじっと辛抱しているほうがわたしに経済的な苦労がないと思っているかもしれないけれど、そんなものじゃないわ。あの暗い家に、愛してもいない亭主のお守りをしているのが堪えられなくなってきたわ。三か月に一度、あなたに遇うのがこれまでの唯一の仕合せだったけど、三か月に一度なんて、わたし、もう我慢できなくなったわ。わたしのからだが、あなたに馴らされてしまったの」

美奈子は宗三の手をとって、両の掌の中に強く揉《も》みこんだ。

「ねえ、宗三さん。わたし、いつ、松山の家をとび出すか分からないわよ」

その声が激しかったので、宗三は気圧《けお》されて、引止める言葉がすぐ出なかった。

「でも、あなたに経済的な負担はかけないから、そのことでは安心して頂戴」

漁船が発動機の音を立てて、岩の端から現われた。それには夫婦が乗っていた。

8

美奈子はもう一晩泊ることを主張してやまなかった。しかし、宗三は、これから仙酔島を脱出してタクシーで福山から尾道に行けば今治行の午後の連絡船に間に合う。三時か四時か知らないが、そのころに尾道を出航すると、今治には夜の七時か八時に着くので今日じゅうには美奈子も松山の家に戻れる。午前中に帰る予定よりは遅れるかもしれないが、明日になるよりもましだろうと彼女にすすめるつもりでいた。

自分にしても、美奈子を尾道に送ったあとは急行で大阪に行き、伊丹《いたみ》から飛行機に乗れば今夜のうちに帰宅できる。すると今夜から論文に手が入れられるので時間的にたすかる。両方にとって都合がいいではないかと説得する気でいた。だから、美奈子がそう言い出したとき、思った通りのことを口に出してみた。

「いやよ。わたし、このままでは松山に帰りたくないわ。もう一晩いっしょに居てよ」

美奈子は言い張った。夫婦者が乗っていた漁船は発動機の音をのんびりと海の上に響かせて遠ざかっていた。

「困るな。そんなことを言って……」

宗三の声は弱かった。彼も内心では彼女とのもう一夜に心が惹かれていた。だから、今まで、どっちつかずの気持ちでいたのだ。

「もう一晩くらい、いいじゃないの。そうたびたび逢えるわけじゃないのに」

美奈子は、彼の心を読みとったように瞳を眼の端《はし》に寄せて彼の顔を眺め、少し鼻声になった。

「それはそうだけど、今日のうちに帰ったほうが無難なようだな」

「いやよ。あんまりそんなことを言うと、わたし、これきり松山には帰らないわよ」

美奈子は少し大きな声を出した。

「そら無茶だよ」

冗談だと思っていたが、美奈子の眼が急に険《けわ》しくなった。

「うそだと思ってるのね。わたし、本気よ。そのうちにあの家を出るつもりでいるんだから」

美奈子は覚悟を固めるように激しい調子で言った。

「そんなこと、急に言い出しても困るじゃないか」

宗三は少しうろたえて言った。

「そうよ。準備が要るわね。そりゃ、わたしだって考えてるわ。でも、あなたがもう一晩泊ってくれなきゃ、どうなるか分からないわ。これ、おどかしじゃないわよ。ほんとにそう思ってるんだから」

表情にヒステリックな色が見えていたので宗三はたじろいだ。彼女の気持ちは分からないでもなかった。さっき、彼女は自分のからだはあんたに馴らされたと言っていた。松山に帰りたくないと癇《かん》高く言いつづけている裏にはそれがあった。

「しかし、明日になると、またどこかでグズグズするだろう。君は松山に遅く帰ってもご亭主にうまくとりつくろえるだろうが、ぼくは大事な論文の手入れをしなくちゃならないからね。明日の晩遅くなって東京に帰ったんじゃその時間がないよ」

宗三はひと通り抵抗してみた。論文のことは実際気にかかるのだが、万一の場合は明日の晩に半分徹夜して、残りは明後日の朝早く起きてやれば、部会のはじまる時間までには何とか間に合いそうだった。無理だがやむをえないと思っていた。

美奈子はちょっと考えていたが、

「いいことがあるわ」

と、急に明るい声になって叫んだ。

「なんだい？」

何を言い出すのかと宗三はおそれた。

「明日の朝、わたし、飛行機で松山に帰るわ。あなたは東京に飛べばいいじゃないの。

昼ごろまでには戻れるから、その論文の手入れとかの時間は十分にあるじゃないの？」

「飛行機って、これから大阪まで出てか？」

「そうよ。そして、今夜は京都か大阪かに泊ればいいじゃないの。松山には、たしか大阪から正午《ひる》ごろに着くのがあるわ。大阪から来る人がよくそれを利用するから知ってるけど。そうすると伊丹を出るのが十一時ごろだわね。一時間しかかからないから。そのころまでに家に帰れるんだったら心配ないのよ。ちょうど一《いち》ン日《ち》遅れるわけだけど、それくらい何とか言えるわ」

「なるほどね」

いい考えだった。

「そしたら、あなただって東京に早く帰れるわよ。伊丹からだったら、日航も全日空もジャンジャン出ているから」

宗三の口の端に思わず微笑が出てきた。飛行機の出発時間に合わせるのだったら、美奈子も明日はいろいろな口実を設けて引止めることはないと思った。

「しかし、これから大阪まで列車で行くのがおっくうだな。福山から急行に乗ったとしても四時間くらいかかるんだろう？」

宗三は、その気になっても表面は一応文句をつけた。だが、美奈子はすでに彼の顔色を読んでいるので相手にしなかった。

「四時間くらいが何よ。わたしだって尾道から連絡船に乗ればそれくらいかかるわ」

「…………」

「いい知恵が浮かんだでしょ。あなたともう一晩いっしょに居られるし、連絡船で四時間もかかるところを飛行機は一時間で松山まで直接に行っちゃうのだし……うれしいわ」

美奈子は浮き浮きして宗三の手をかたく握った。

「しょうがないな。じゃ、そうするかな」

「あんなことを言って。あなただってうれしいくせに」

曲がり道の岩角から今の船で鞆《とも》から着いたらしい若いアベックが現われた。

福山から二時半の急行に乗った。話がそう決まってからは美奈子も元気になり、仙酔島の旅館の食堂では昼飯にサザエなどをはしゃいで食べた。たった一晩の延長が女にはこうもうれしいものかと宗三は思った。三か月に一度の出遇いとなっているから無理はないにしても、東京で会っていたときはこういうことは起こらなかった。それは彼女が「仕事」で上京していたので、会うのもその枠の中でと彼女自身が決めていたからだ。だが、その三か月に一度の規則的なものが、今回は「臨時」として繰りあげられた。その変則が美奈子に動揺を起こさせたと思われる。彼女は三か月がいかに長いかをあらためて知ったに違いない。それは男に馴らされた女の身体にも通じている。また、安定した生活だが味けない夫の家にも通じている。

宗三は美奈子はもっと理性のある女かと思っていた。理性というよりも、中年女の合理性をもっと持っているように考えていた。安穏な現在の経済生活を考えて、そのあたたかいところからわざわざ苦労を求めて飛び出すことはないと思っていた。ほかの男と恋愛するなら上手にやる分別を心得ていると想像していた。しかし、いまの美奈子はどうやら普通の女であった。身体の情熱にひきずりこまれて、わが身はどうなってもかまわないという、女の一時的な精神錯乱を多分に持っているようであった。

これは危険な女である。これ以上の長いつき合いはできない。うかうかするとこっちまで巻き添えをくいそうであった。つまらないスキャンダルで学界から葬《ほうむ》られないとも限らなかった。それでなくとも、有望な新進学徒として注目されているので、敵も多いことである。彼らは隙を狙っていた。学界はいまだに学徒に対しては純潔を要求していた。少なくとも学界のボスになるまでは、そうである。

今日のところは美奈子の言う通りに従おうと宗三は思った。そのあとは、彼女の自覚を待つなり、自然と疎遠になってゆくなり、あるいは次の三か月あとに遇ったときに、思い切って別れる宣言をするなりしようと考えた。いまの状態では何を言っても美奈子の耳にははいらない。まして、自分のほうにも今夜の彼女に未練があるのでなおさらだった。

座席での美奈子は明るく話していたが、そのうちに疲れのためか睡った。苦労のない寝顔である。彼女は言葉でいうほど深刻には考えていないのだ。坂道で靴を脱いだからあなたも靴を脱いでお互いに飾りをとってハダシになろうなどと言っていたが、要するに彼女の言葉の遊びにすぎない。——まあ、このぶんならたいしたことはないと宗三は思い、美奈子の言葉に脅かされた自分の小心さを苦笑した。

大阪には六時半に着いたが、その前に眼をさました美奈子は、

「今夜は京都に泊らない？　伊丹にも近いからいいわ。京都には長く来ていないから」

と、コンパクトで顔を直しながら言った。

「そうだな」

泊るならやっぱり京都だなと宗三は言おうとして急に言葉を呑みこんだ。新幹線で来るときビュッフェで遇った長谷徹一の顔をふと思い出したのである。

目下、新聞記者をしているこの同級生は、あのとき、取材のために京都に降りた。三、四人の画家に遇って話を聞くと言っていたから、彼はまだ京都に居るかもしれない。新聞記者はほうぼうに出歩くので、京都のどこかでぱったり出遇わないとも限らなかった。そのとき女伴《づ》れのところを見られたら困る。また、旅館が偶然に彼と同じだったりすると引込みがつかない。長谷徹一とは大学でいっしょだったが、それほど親しかったわけではない。彼はおしゃべりだから、何を吹聴《ふいちょう》されるか分からなかった。

「京都もいいが、ぼくは何度も来ているので少々飽《あ》いた。……今夜は、有馬温泉にしないか」

宗三は咄嗟《とっさ》に浮かんだ場所を言った。

「有馬温泉？　いいわね。わたし、有馬には行ったことがないからこの機会に行ってみ

たいわ」

美奈子はすぐに賛成した。温泉というのが京都よりも魅力になったらしかった。

「そこだったら、伊丹空港にも近いよ」

「そうね」

美奈子はにっこりしてうなずき、コンパクトをハンドバッグの中にしまった。が、すぐに顔をあげた。

「そうそう、空港といえば、今日のうちに飛行機の券を買っておきたいわ。あんたのほうは東京行だからいいけど、松山行は満席が多いのよ。午前十時の便はとくにそうだわ」

「そうか。それじゃ明日空港に行ったんじゃ駄目かもしれないね」

「大阪駅に着いたら、構内の全日空の営業所にすぐ行きましょうよ。あなたのぶんもいっしょに買ったらいいわ」

駅に到着して航空会社の営業所に行ったが、店はシャッターを降ろしていた。六時が閉店で、十五分ぐらいの違いであった。

「仕方がない。空港に行って買おう。伊丹からだと有馬も遠くないから」

「そうね。やっぱり今日のうちに券を手に入れておかないと心配ね」

最近は梅田から伊丹まで高速道路ができているので、タクシーで急ぐと二十分くらいだった。

宗三が空港事務所の前でタクシーの料金を払おうとしたが、小銭《こぜに》がなかった。

「いいわ。わたしが払っておくから、あなた、先に降りて航空券を買っててよ」

宗三は美奈子を車内に残して事務所の中にはいりカウンターの前に行った。待合室は人で混雑していた。

「明日の午前十時ごろに出る松山行が一枚ありますか?」

係りはふり返って座席表を見ていたが、

「一枚だけございます」

と言った。宗三は安心した。

「それを一枚。それから東京行を一枚。これは十時半か十一時ごろに出る便でいいのですが」

「分かりました」

二枚の申込書にそれぞれ記入して料金を払った。松山行は美奈子の名前にせず、架空の名と住所にした。飛行機事故が起こることもないだろう。実名は避けたほうがよい。どんなことから破綻が生じるか分からない。万事、安全を期した。美奈子はまだ現われなかった。タクシーの払いが手間どっているのかも分からなかった。

係りが渡してくれた搭乗券を二枚かさねて上着のポケットに入れ、美奈子を迎えに出入口に歩もうとしたとき、

「おい」

　と大きな声をかけられた。待合室の椅子に坐ってテレビのほうを向いていた長谷徹一が肥った顔で宗三を見上げていた。

　宗三は、はっとなって立ちどまった。列車の中で懸念していた長谷とこんなところで出会おうとは思わなかった。カウンターで搭乗券を二枚買うところを見られなくてよかったと胸を撫《な》でおろしたが、同時に、美奈子がここにこなければいいがと思った。

「君も飛行機で帰るのか。何時の便だい？」

　長谷はわざわざ椅子から立ち上がって訊いた。

「うむ……明日だ」

　宗三は唾をのんで答えた。

「明日だって？　明日なら今日わざわざ切符を買いにこなくとも飛行機に乗る前で十分だよ。東京行はどの飛行機も空いているからな」

　長谷が大きな声を出すので宗三は弱った。やはり予感は当たるものである。京都の街や宿でこそ会わなかったが、やはりここで彼と顔を合わすことになった。

「うむ。実は、ほかにも此処に用事があったのでついでに買ったのさ」

　宗三は適当な口実が出なかった。

「そうか。じゃ、今夜はまだこっち泊りだな。どこに泊っている？」

　長谷は好意で言っているのだが、宗三には警官の訊問のように不愉快に聞こえた。

「京都だ」

避けようとする地名がうっかりと口から出た。

「京都か。おれは××ホテルに居たよ。君は？」

「うむ。まだ、決まってないが、これから京都に行って決める」

「そうそう。君は昨日まで大阪に居たんだったな。学会の用事は済んだのか？」

「うん」

宗三は長谷につかまって困惑したが、それよりも美奈子がこの場に来て、気づかずに自分にものを言ったらどうしようかと気が気でなかった。宗三さんとか、あなたとか呼びかけて親しそうに寄ってきたら、長谷に女づれだといっぺんに分かる。

宗三は、長谷の前から早く逃げるきっかけにあせった。

「ぼくは、五、六人の画家に遇《い》って話を聞いたが、お世辞を言うだけでもくたびれたよ。学会だとそんな気苦労は要るまい」

「いや、偉い先生や先輩がいるからそうでもないよ」

宗三は長谷の話の持って行き具合から、つい、学会出席になってしまった。なにしろ、こいつとは早く別れたい。が、あんまり落ちつかない様子を見せるのも不自然なので辛抱した。それに、長谷とこうして話していれば、美奈子も気がついて、そっと匿《かく》れるだろうと思っていた。

すると、長谷の視線がふいと宗三の横に移った。そこで何か珍しいものを発見したように彼の眼は急にひろがった。

「おや、伊予屋の奥さんじゃありませんか？」

伊予屋は美奈子の松山の屋号だから宗三は心の中で仰天した。実際に美奈子の声がすぐ傍で起きたのである。

「あら」

美奈子はそれだけ叫んで絶句したが、間をおいて、

「まあ、しばらく」

と、おどろきをかくした声で長谷に挨拶した。

「久しぶりですね。今日は大阪ですか？」

長谷は笑顔で、まじまじと彼女を見ていた。

長谷は美奈子を知っている。伊予屋の奥さんと言ったから松山の洋品店の女房として知っていることが宗三に分かった。案の定、美奈子は混雑のなかで気づかずに、うかうかとこっちに近づいたところを長谷に見つかったのだ。宗三はすぐに事情は分かったが、このまま立っていると、長谷から美奈子を紹介されそうなので、

「じゃ、ぼくは急ぐからこれで失敬」

と言い捨てると、そそくさと彼の前から離れた。美奈子の前を通っても眼もくれなかった。

「そうか。ではまた」

長谷の呆《あき》れたような声が背中で聞こえた。空港の外に出て駐車場の前に立ったとき、

宗三の動悸は高くなった。まさか長谷と美奈子とが知合いだったとは夢想もしてなかった。彼は世界の両端が隣合わせに接着しているようなおどろきをおぼえた。

美奈子はまだ出てこなかった。長谷につかまって抜けられないでいるに違いなかった。

――長谷は二人がいっしょだったことを気づいているだろうか。

宗三は、いやいや、あのときは、さっとこっちで逃げ出したから、多分、長谷は気づいていないだろうと思った。

9

宗三が落ちつかない気持ちで空港前の駐車場隅に立っていると、美奈子が息をはずませて彼の傍に寄ってきた。彼女もだいぶんあわてた様子で、

「早くタクシーに乗りましょう。有馬温泉でもどこでもいいわ」

と早口に言った。

もとより宗三もそのつもりで、客待ちの先頭の車に急いで乗りこんだ。運転手はさっきから彼のほうを窓から眺めていた。その運転手には行先を告げただけで、車がかなり走るまで二人とも言葉が出なかった。

「君は長谷徹一を知っていたのか?」

宗三はやっと美奈子に訊いた。

「あなたこそ、どうして長谷さんを知ってたの？」

頰を蒼《あお》くして美奈子は反問した。

「長谷とは大学でいっしょだったんだ」

「だいたい察しはついたけれど、あなたのそばに近づいてから、ふいに長谷さんにモノを言われたとき心臓を握られたような気がしたわ。ほれ、まだこの通り動悸が高く搏《う》ってるの」

美奈子は胸に手を当てた。

「長谷は君に伊予屋の奥さんと呼んだね？」

「そう。長谷さんのお家は日本橋の古い洋品店で、わたし、東京に出たときお店によく寄って、長谷さんのお父さんと話をしてたの。そのとき、あの長谷さんとも遇ってたわ。それに、長谷さんのお父さんは旅行が好きで、松山にもよく来て、うちの亭主とは懇意なの」

美奈子は経緯を話した。

「そうか。長谷の家が洋品店とは知らなかったな」

宗三は眼に見えない糸を感じた。いままで長谷の家に遊びに行ったこともないし、彼から家の商売を聞いたこともないので何も知らなかった。

「長谷にしても、あいつの親父にしても、君がぼくの兄貴と結婚していたことなどはむろん知らないんだね？」

「知るわけはないじゃないの。長谷さんとは、わたしが松山の洋品店のかみさんになってからのつき合いだもの」

「ふしぎだな。世の中はどんなしくみになっているのか分からないものだな」

美奈子は溜息をついて、

「ああ、わたし伊丹の空港なんかにくるんじゃなかったわ」

と悄気《しょげ》た様子で窓の外に眼を投げた。

武庫《むこ》川土堤の松並木が見え、その向こうに六甲山の姿がせまってきていた。

空港にきたばかりに長谷に見つかる不運に遭遇したと美奈子は後悔し、哀れなほど元気をなくしていた。

だが、あのとき長谷はこっちの関係を見抜いていただろうか。宗三は順序をふりかえった。長谷と話しているときに背後から美奈子の顔があらわれる。正面の長谷が眼ざとく見つけて美奈子に話しかける。こっちはさりげなく長谷と別れる。あとは彼と美奈子の会話。……それだけであいつが美奈子とおれを同伴《つれ》として考えたとは思えない。駅の待合室などで立話をしているときによく起こる普通のケースである。

こっちで長谷と美奈子の間を知らないように、長谷だって美奈子とおれの因縁関係を知るはずはない。長谷は、相互に全く関係のない二人の知己にべつべつに偶然遇ったという感想しか持たないにきまっている。あのとき、長谷が美奈子を紹介してくれなくてよかった。もっとも、こっちはその危険が起こる前に彼から脱出したのだが。——宗三は三十分前の場面を検討し、安心していいという結論をもった。

ところが美奈子の様子を見ると、まるで不届《ふとど》きな現場を知人に発見されたように打ちしおれていた。口もきかず、考えこんで、溜息ばかりついていた。

「そんなに心配することはないよ」

宗三は、運転手の耳にはいるのをおそれ、小さな声で自分の判断を手短に言ってきかせた。

それでも美奈子は立直らなかった。

「長谷さんは、わたしがあなたといっしょだとはちゃんと分かってたようだわ。あの人、東京に帰ったら、親父さんに面白がって言うにちがいないわ。長谷さんのお父さんはおしゃべりだから、松山に来たとき亭主に言うか、悪くするとすぐに忠告の手紙を出すかすると思うわ」

美奈子はうつろな声で言った。実際、そう信じているようで、宗三の「判断」など受けつけなかった。

「そりゃ君の思い過ごしだ。そんなことはないよ」

宗三は言ったが、これ以上つづけると自然と大きな声になりそうだし、そうすると運転手に聞こえそうなので黙った。あとは旅館について、ゆっくり説明してやればいいと思った。

美奈子が口をきかなくなったので、宗三は煙草ばかりふかした。こっちの妙な雰囲気を運転手に気づかせたくなかったから、彼は運転手の背中に話しかけた。

「大阪の景気はどうだね？」

「…………」

「なんだろう、景気のよしあしは、すぐにタクシーのような商売にはひびくだろうね？」

運転手は低い声で短い返事をしたが、宗三の耳によくとどかなかった。

「空港に着いた客は、大阪に行くのと京都に向かうのとどっちが多いかね？」

「…………」

今度も返事の声がとどかない。ときどき、変わり者の運転手の車に乗り合わせるが、この運転手は客席の気まずい空気を感じて、はかばかしい返事をしないのかもしれなかった。宗三は煙草に戻った。

山に向かう有料道路の入口が見えたとき、その運転手が大きな声で訊いた。

「有馬の旅館はどこですか？」

旅館はどういうのがあるか分からなかった。

「適当な旅館に着けてもらおうかな」

タクシーが着けたのは温泉旅館街の中心地からずっとはずれた寂しい場所にある「明月荘」という一軒だけの旅館だった。運転手がこんな離れた旅館に運んだのは粋《すい》をきかしたものらしい。中心地にはもっと大きなホテルや旅館があった。有馬温泉は裏六甲山中の小盆地にひらけているが、細長い三階建の明月荘は渓谷の上に南面して臨《のぞ》み、通された離れの部屋からはその谿《たに》越しに裏六甲の姿がよく見えた。

いつもの美奈子だと窓ぎわに立ってあたりの風景を感嘆するところだが、いまはその気力もなげに座敷のなかにくずれるように坐っていた。

「まだ、長谷に出遇ったことを心配しているのか？」

宗三は美奈子の執拗な憂鬱ぶりに少し不愉快になって訊いた。第一、予定通り尾道からまっすぐ四国に帰ればいいものを、もう一晩、もう一晩とねだって飛行機利用という「名案」を言い出したのは彼女のほうではないか。だから長谷とぶっつかるような目に遇うのだ。それも、長谷のほうは何も気づいていないと言い聞かせているのに、彼女は頑固に自己の錯覚を信じて、ひとりで悩み、ろくに返事もしないで、何度も溜息を吐いている。

「大丈夫だと言ってるだろう。長谷はそこまで気がつくようなこまかい神経は持っていない。あいつのことはぼくがよく知っている」

「学生時代の長谷さんといまの長谷さんとは違うわ。わたしのほうがいまの長谷さんをよく知ってるわ」

美奈子は下をむいたまま投げつけるように言った。

「知ってるから、どうだというのか？」

「あなたは知らないけど、あなたが逃げて行ったあと、長谷さんはあなたの後ろ姿を見送って、わたしに意味ありげにニヤリと笑いかけたわ。あれは、ははあ、判ったという表情だったわ」

　宗三はちょっとギクリとしたが、すぐ自分にも言い聞かせるようにして説いた。

「そりゃ、君の思い違いだよ。長谷はぼくが去って行ったので、今度は君とゆっくり話すつもりで笑いかけたのだろう。だれにもよくある経験だよ」

「あなたは知らないからそんなことを言ってるわ。わたしはその前に長谷さんがそこにいるとは分からないから、あなたのうしろに寄って何か言いかけたのよ。そこを長谷さんに店の名前を呼ばれてびっくりしたんだけど、わたしのあわてた様子はかくしようもなかったわ。だって、自分で顔から血の気が引くのが分かったんだもの。長谷さんだって、わたしの蒼くなった顔を見たら、そりゃ事情を察するわよ」

　美奈子は宗三の甘さを嘲《あざけ》るように一気に言った。

　彼女にそう確信をもって言われると宗三の自信もぐらついた。一瞬、彼の心の中にも冷たい風のようなものがはいってきた。

「しかし……かりに長谷がぼくらのことをカンづいたとしても、それを軽々と親父さんに言うわけはないよ。ほかのこととは違うからね」

「言うわよ」

　と、美奈子は切り返すように言った。

「あなたはいまの長谷さんのことをよく知らないわ。あの人、好奇心が強い上に、弥次馬根性が旺盛だから、自分の胸にしまっておけない性質《たち》よ。わたし、あの人の店に寄ったとき、こちらから訊きもしないのに長谷さんが他人《ひと》の噂をしていたのをよく知ってるわ」

「………」

「長谷さんのお父さんと、うちの亭主とは友だちだから、親父さん、きっと息子から聞いた話をうちの亭主に言うわよ。お節介やきだから。もしかすると、今晩あたり東京から松山に電話するかもしれないわ」

「まさか……」

「あなたは何も知らないから、そんな呑気なことを言ってるけど、わたし、長谷さん親子の性格はよく分かってるんだから」

美奈子は宗三などとても話にならないというようにそっぽをむいた。

そう言われてみると、宗三は正面から反論できなかった。長谷とは昔のつき合いで、現在の変化を知らない。まして、長谷の親父などには遇ったこともないのだ。

しかし、常識として美奈子の言うようなことがあるはずはなかった。それは彼女の思い過ごしからくる幻影にすぎない。だが、いまの彼女の一途《いちず》に思いつめた態度、それも絶望的な様子から、そばで何を言っても受付けないようにみえた。

宗三も面白くない気持ちになって黙って煙草に火をつけた。

――彼は、美奈子がこんなに夫を恐れているとは思わなかった。長谷が告げ口するという思い過ごしも、結局は夫を恐怖しているからである。

ふだんは年上の亭主をないがしろにして、勝手な振舞をしているように口先で言っていた美奈子も、いざ危機に直面するとその本心をさらけ出したな、と煙を吐きながら横目で彼女の悄気《しょげ》た様子を眺めていた。

女は、いざとなると現実に眼がさめて愕然となる。美奈子はいろいろなことを言っていたが、やはり地方都市の老舗《しにせ》の女房という安泰な場所に居たいのだ。亭主を抑えているようだから、事実上の女主人である。経済にも恵まれている。貧乏学者で、妻子のある恋人にすがっていても、結婚の望みはないし、いいことはないはずだ。

だが、これはいい傾向だった。美奈子がそれを自覚するなら、これまでのように衝動的な無理は言わなくなる。こっちもその非理性に引きずられなくとも済む。宗三がほっとした気持ちでいると、美奈子の泣くような、叫ぶような声が聞こえた。

「ああ、わたし、もう松山には帰れなくなったわ！」

美奈子は朱塗《しゅぬ》りの大きな卓の上に突伏《つっぷ》して肩を小刻みに慄わせていた。

宗三は灰皿に喫い残りを押しつぶして彼女の横に片膝をついた。

「何を言うんだ。長谷の言葉が君の亭主に通じるというのは思い過ごしもはなはだしい。松山に帰ってみたら、それが分かるよ」

安心させるように言うのに、

「あなたは何も知らない」

と美奈子は肩をゆすった。

「そんなこと、冷静に考えてみたら、非常識にきまっているじゃないか。そんな、他人の家庭を破壊するようなことを告げ口する奴もないものだ。第一、長谷があのとき、こっちの仲を気づいたかどうかも分からないんだし……」

「いいえ、気づいてるわ。あなたが知らないだけ」

「まあ、その点はかりに譲《ゆず》るとして、たとえ長谷がおかしいと思ったところで、そんな曖昧《あいまい》なことを君の亭主の耳にはいるような軽率はしないよ。重大なことだからな」

「それはあなたにいまの長谷さんがよく分かってないからだわ」

と、話はもとに戻った。

宗三が美奈子の分からなさに少々苛々《いらいら》していると、彼女は頭をかかえて、

「わたし、もう松山には戻れないわ」

と、吐息をついた。

それに取りあうとまた話がもつれそうになるので、宗三が黙っていると、

「ああ、死んでしまいたいわ」

と、坐ったまま崩れるように朱塗りの卓に凭《よ》りかかった。

そんなに深刻に考えなければならないのかと宗三は内心ちょっと馬鹿らしくなったが、正面から言うと彼女の感情がよけいに昂《たか》ぶりそうなので、

「君はご亭主がそんなにこわいのかね？」

と、はぐらかすように冗談めかして訊いてみた。

返事がないので、

「ぼくとのことでそれほど困るのだったら、これを機会にぼくと遇うのをやめたらどう？　君も今度で懲《こ》りただろうから」

と言ってみた。これが少しばかり図に乗った言い方になった。

美奈子はふいに顔をあげて、宗三を睨《にら》んだ。その眼がギラギラと光っていたので、彼がはっとすると、

「いやよ。あなたと別れるなんて、絶対にいやよ」

と美奈子はヒステリックな声をあげた。

どぎまぎしていると、

「あなたはまだ、わたしの気持ちが分かってないのね。わたしは、もう、あなたなしには生きてゆかれなくなったわ。そういう女になったのよ。どんなことがあっても離れられないわ」

と、叫ぶようにつづけた。

松山の亭主のもとに帰れなくなったから死にたいと言っていた女は、にじり寄って宗三に身を投げかけてきた。

「あなたが悪いのよ。三月に一度遇う習慣をあんたが破ったから、わたしの身体がこんなふうになってしまったのよ」

美奈子は宗三のうしろ頸《くび》に両手を巻いて言いつづけた。

「わたし、三日間あなたとずっといっしょにいて、どんなにあなたがわたしに大事な人かよく分かったわ。これから先、あなたなしに生きてゆかれないのを身体で知ったわ。もう駄目だわ。長谷さんのことがなくても、もう松山には帰れないの」

「そんなことを言ったって、いま、どうにもならないじゃないか」

宗三は狼狽をかくして言った。

「じゃ、どうすればいいの？」

「ともかく、一応、松山に帰りなさい。その上で、また打合せをして遇うことにしよう」

「いやよ。松山には帰ってやらないから」

「長谷のほうは大丈夫だよ」

「長谷さんが亭主に言おうと言うまいと、どっちでもよくなったの。言ってくれたほうがいいの。言わなかったら、わたしが亭主に言ってやるわ」

「そんな非常識なことを言っても困るよ。第一、ぼくの立場はどうなる？」

と、宗三は思わず本音《ほんね》を洩らした。

そんな事態になったら、学界から葬られるにちがいなかった。新進学徒として注目されているときに今が大事であった。目下、仕事に脂が乗りかかっている。希望も大きい。周囲に嫉妬からの敵意の眼があるだけに要心をしている。それなのにこんな問題を起こすと、まだ不安定な地位だから、寄ってたかって叩かれる。家庭も崩壊する。——

「あなたは自分の立場ばかり言うけど、わたしのことはどうでもいいの？」

「そんなことはないけど……」

「こうなったのもあなたの責任よ。でも、あなたには経済的な負担はかけさせないから安心して」

「責任は感じているけど」

「一応、松山に帰れというのね？」

「そう」

「いいわ。帰るわ」

「帰ってくれるかい？」

「帰る前に、ここから松山に電話して亭主を呼び出し、ありのままを言うわ。そして、離婚の話をしに松山に戻るわ」

美奈子は、いまにも部屋の電話をとろうとした。

——長谷徹一に遇ったばかりにこういうことになった。……

宗三は長谷を呪《のろ》ったが、いまさらどうにもならなかった。彼は急いで受話器を美奈子の手から奪った。

10

松山の亭主のもとにかけようとする受話器を美奈子の手からもぎとった宗三は、

「どうしてこんなバカなことをするのだ？」

と言った。美奈子は彼を睨《にら》んでいた。

「どうしてって、当たり前じゃないの」

「それが当たり前か？」

「そうよ。わたしの気持ちからしたら当たり前だわ。ノラ猫みたいにこっそり自分の家のしきいをくぐりたくないわ。悪いことをしたんだから、前もって言って堂々と帰りたいわ。そのほうが向こうもわたしと別れるフンギリがつくわ。亭主の前にうなだれて、初めて白状するなんてイヤよ」

「しかし、長谷の線からそれが聞こえたかどうかはっきりしてないのだろう。何も早まって、こっちから言うことはないじゃないか」

「あなたの気持ちはどうなの？　わたしがあの家を出たら困るの？」

美奈子は激しく訊いた。

「そりゃ、やっぱり困る。そんなに急だと、ぼくだって気持ちの準備ができていない……」

宗三はたじたじとなって答えた。

「あなたはわたしにはほんとの愛情がないのね？」

「愛情はあるよ。しかし、それとこれとはべつだよ。愛情があるからといってメクラ滅《めっ》法《ぽう》にどんな行動をとってもいいという法はない。できるだけ穏便な方法をとるのが常識だ」

「でも、わたしはどうせすぐに松山の家を出なければならないのよ」

美奈子は断定的に言った。

まったくいつもとは様子が違っていた。ただ、長谷に二人づれのところを見られたというだけで、こんなにもとり乱すものだろうか、と宗三はあきれた。

だが、すぐにでも家を出るという美奈子の言葉の裏には、宗三に対する欲望の執着があった。衰えた老亭主をもつ中年女に途中から因業《いんごう》な火をつけたのは彼ともいえるし、それを誘ったのが彼女ともいえる。また、この変則だった逢引きともいえた。

美奈子に家を出られたら、それでおしまいだと宗三は汗の出る思いだった。いくら経済的な負担はかけないといっても、彼女が東京に移ってくれば、そこから面倒な交渉が湧くにちがいなかった。それを振切る自信は宗三になかった。女のペースにまきこまれて苦しむのは分かっている。

妻も知ってくる。ことに相手がかつての長兄の妻だった美奈子と分かったとき、兄たちは何と言うだろう。宗三は、妻や兄たちの怒りと軽蔑の中に立たされたときを思うと、恥が身体じゅうを火のように走った。

それだけではない、この醜聞が学者としての命《いのち》とりになるといういつもの不安がまた強く出てきた。彼は剣ガ峰に立っているような気がした。

そのくせ、こんなことをして洋品店の老主人に悪いという心持ちは以前から少しもなかった。亭主を欺《だま》している美奈子にこっちも狎《な》れていた。共犯者の心理だろう。そして、そんな亭主なら、美奈子が少しくらい不埒《ふらち》を働こうと寛大に宥《ゆる》すと思っていた。実は、彼女もそう考えているのではないか。

それなのに、何をわざわざ事実を亭主に知らせる必要があろうか。宗三は、彼女がこんなふうに騒ぐのは一種の示威だと思うものの、眼の前に思慮を失った恰好で坐っている女を見ると、亭主と別れるというのが本気のようにも映った。前から彼にいくらか姉ぶって接している美奈子に、そんな錯乱があるとは思ってなかった。

とにかく、彼女の異常さに押し切られてはならない、これが生涯の破滅につながると思うと、彼はまたもや精いっぱいの説得につとめた。

「すぐに家を出なければならないというほどでもないじゃないか。落ちついて考えてみろ、自分のひとり合点でそう思っているだけじゃないか。あんまり軽率な真似をすると、あとでお互いが困ることになるよ」

「わたしは困らないわ、それだけの覚悟ができてるんだもの。あなたは困るの？」

美奈子は口を尖《とが》らせて言った。

「困るかときかれたら困らないとはいえないよ。だしぬけだし、ぼくにはまだ気持ちの用意ができてないんだからね」

その返事に美奈子は宗三を見すえていたが、

「じゃ、その気持ちの用意をさせてあげるわ」

と言うなり、ふいに彼の傍にきて耳もとに低いが熱い言葉を吐いた。

今度は宗三が美奈子の顔を見つめる番だった。

「本当か？」

「こんなこと、嘘いえないわ」

「しかし、まだはっきりとは分からないんだろう。ひと月くらい無かったくらいじゃ……」

「わたしは、ずっと順調だったのよ。先月、あなたと東京で会って帰ったあと、すぐに止まったんだから」

宗三は激しくすさぶ自分の心臓の音を聞いた。半分は美奈子のおどし文句とも思うが、さっきからの彼女の異常な様子から思い合わせて事実のようでもあった。

美奈子と亭主の間に子は無い。医者が診《み》て亭主にその能力がないということは彼女が前から言っていた。

宗三は嵐のなかに身をかがめる小動物みたいにうずくまって考えた。それから安全な逃げ道をさぐるように、美奈子におそるおそる訊いた。

「それは、あとひと月みないとはっきりしたことは分からないんだろう？」

「待たなくてもわたしには分かるわ。今まで、そんなことはなかったんだもの」

美奈子の声は逆に強かった。

「しかし、何かの都合で変調ということもある。医者だって、ひと月くらいじゃ分からないはずだ」

「じゃ、三月《みつき》くらい経って、お医者がそう言ったら、あなたどうするつもりなの？」

美奈子は切りこんだ。

「…………」

そのときは中絶すればいい、と宗三は答えたかったが、そう言うとまた彼女がよけいに荒れそうなので口に出せなかった。相手が落ちついたころを見はからって言ってもおそくはないと思った。

「そのときは、そのときさ」

「冗談じゃないわ。わたしの身になってよ。今の問題よ」

「だから、今はそれがはっきり分かってないと言ってるじゃないか」

「いったい、あなたはどっちなの。わたしに子どもを生ませるの、生ませないの？」

「…………」

「卑怯《ひきよう》ね、あなたは。でも、わたしは子どもを生みますからね。これ、ちゃんと言っておくわ。わたしはあなたの子どもが欲しいんだから。ついでに言っとくけど、わたし、そろそろ胸にむかつきがきてるのよ」

美奈子は決定的な打撃を与えるように言った。

それは男の胸中を察し、中絶の拒否を先回りした宣言でもあった。

眼の前が昏《くら》くなる思いのなかで、彼女は嘘を言っているかもしれないというのが宗三の一筋の光明だった。彼はそれにすべての希望をかけた。

「いい。それじゃ子どもを生めよ」

それは彼の賭《か》けだった。生むなと言えば美奈子は荒れる。あらゆる罵倒《ばとう》を浴びせるだけでなく、どんな気違いじみた行動に出るか分からなかった。ここは旅先の旅館である。宿の者に醜態を知られたくなかった。

果たして妊娠かどうか分からないのに、ここで生むなと言って彼女に逆らうのは愚である。そうでなかったらばかげたことだ。かりにそうだったとしても、そのときこそ何かの策があるだろう。美奈子はいまでこそ思いつめているが、さきになって思慮をとり戻したら、また気をかえるかもわからなかった。いや、そうするだろう。

「そう？　ほんとに生んでもいいの？」

美奈子の顔が急に輝いた。半信半疑ながら、こわばっていた表情が崩れ、眼が細くなった。

「君がそう希望するなら、それに従うよ」

宗三は賭けの重味が増してゆくのを覚えた。

「そりゃ、あなたの立場だって分かるけど、わたしはどうしても生みたいの。わたしは今まで子どもを持った経験がないし、それに、あなたの子だもの」

美奈子はがらりと調子を変え、宗三の首に両手を巻いて身体ごとおしつけてきた。彼女の頰は泪《なみだ》とも汗ともしれぬものでべっとりと濡れていた。

宗三はひとまず危機をのりこえたような気がしてほっとした。これで彼女はとにかく松山に帰るだろう。すぐには亭主に告白しないだろう。ここでこそあんなことを言っているが、亭主の前に出たら、その勇気もくじけるに違いない。

「ぼく先に風呂にはいるよ」

「どうぞ」

和解の成立が女にいそいそと彼の着更《きが》えを手伝わせた。その世話ぶりには一段と情《じょう》がこもっていた。

宗三は部屋つづきの浴室にはいった。小さな湯ぶねだったが、ひとりで考えるにはかえって適当だった。

一応の危機は回避された。だが、これはあくまでも小康状態である。この中休みのあとは前にもまして激しい嵐がくると思った。美奈子の決心はかたいようだ。本気に婚家を出る覚悟を決めているらしい。早晩、彼女は東京にやってくるかもしれない。

そうすると、妊娠のこともだんだん本当らしく思えてきた。彼はそうでないという方向に考えを持ってゆこうとしたが、その希望も下から湧き上がってくる予感で崩れがちだった。もし、そんなことになったら、どうなるだろう。彼は深い穴をのぞいているような思いで、浴室の硝子《ガラス》窓ごしにみえる裏六甲の暮れなずむかたちを眺めていた。これから先の運命が夜に融《と》けこもうとする山の姿と同じに見えた。

浴室のドア越しに美奈子の声がした。女中と話しているらしかった。

部屋には食事の用意ができていた。ならべられた茶碗や皿が電灯に冷たく光っていた。

美奈子も宿の浴衣《ゆかた》に着かえていた。

「いま女中さんが記帳をしてくれと言ったから、わたしがあなたのぶんもいっしょに書いておいたわ」

「本名を書いたのか？」

宗三は訊いた。

「そう心配するだろうと思ったわ。大丈夫よ。わたしは学校時代の友だちの名を二つ合わせて書いたし、あなたのは思いつくまま横浜の中村一雄としておいたから。少し偽名くさいとは思ったけれど……」

美奈子は今までとは打って変わったうきうきした調子だった。浴衣の着かたもわざと崩していた。

食事の途中、美奈子は急に顔をしかめて箸を措《お》いた。

「だめだわ。胸がむかむかしていただけないわ」

飯は半分も食べてなかった。ふだんはよく食べるほうなのに、料理も少しばかりつついただけだった。

宗三は胸をしめつけられる思いでその様子を眺めた。

「やっぱり……あれなのか？」

「そうよ。もうはじまったのね。わたしは初めてだから早いのかしら。それとも体質かしら」

その言い方には自信めいた安定があった。

宗三は絶望に落ちた。これで一縷《いちる》の望みも切れたと思った。目の先がかすんできた。美奈子の家出。上京。かくれ家《が》。出産。養育——わずらわしい場面が瞬間に暗く次々と映る。妻との争い。兄弟の蔑視。風評。主任教授からの言い渡し。……

それにしても眼前の美奈子の態度は横着《おうちゃく》げだった。もう彼といっしょになったような気分で落ちつきはらっていた。相手の立場も苦しさもまったく考慮してないその様子は、女の自我がまる出しだった。彼は憎んだ。

その晩、美奈子は横でよく睡った。安心し、疲れた姿で、軽い鼾《いびき》さえ洩れていた。疲れているのは、仲直りしたあとの燃え上がりが貪婪《どんらん》だったせいである。彼女のその満足こそ亭主を捨てさせる原因であった。

宗三は、自分の行先を思い、暗い想像ばかりがかけめぐって眼はさえるばかりだった。

彼は、赤の他人のように何のかかわりもなく眠りこけている横の女を呪詛《じゅそ》した。この女ひとりのためにおれは破滅に陥っている。この女とおれとの価値はくらべものにならない。この女は永遠に無価値のままだ。おれは先になればなるほど価値が出る。考古学界にどんな業績をあげるか知れないのだ。自信もある。

その女のために一切を失うのはいかにも不合理千万であった。だれが聞いてもその不合理を納得するにちがいない。しかし、いま、現実は理屈と無関係に存在していた。

美奈子は一応は松山に帰るつもりになっている。だが、亭主にすぐに一切を告白するかどうかは言い切っていなかった。宗三のほうからしつこくそれを止めると、彼女をまた刺激して逆効果になりそうなので、その確認は求めないままでいた。

これだけ言ったのだから彼女も無分別なことはしないだろう。彼はそう期待した。期待で不安をごまかしていた。

にもかかわらず、不安は継続していた。確実に破局がくるという不安であった。宗三は喘《あえ》いだ。一生の岐《わか》れ目だった。何としてでもこれに勝たねばならぬ。どんな手段をとってでも！

どんな手段でも――と考えついたとき、宗三はこの女の口と行動を永久に封じるよりほか残された方法はないと思うようになった。彼はその考えに気づいて自分でおどろいた。しかしそれは仮りの想像だ。仮定とすればどんなことを思案しても恐ろしくはなかった。

彼は、美奈子との関係をだれが知っているだろうかとまず考えた。第三者で知っている者はひとりも居なかった。美奈子のほうも亭主をはじめ周囲のだれにも言っていない。人妻として要心深く秘密をまもっている。当然であった。

二人の住む土地もはなれている。東京と四国とは遠い。東京の近くなら、二人の仲をまだ地域的に結びつける可能性があるが、あまりに隔《へだた》りすぎている。この隔絶は他人にその想像を絶《た》たせているだろう。

美奈子は三か月ごとに商用で東京に出てくるが、それだけでだれが彼との関連を推察し得ようか。三か月に一度の出遇《あ》いというのは普通の恋愛常識に無い。継続こそ恋愛の条件だ。間の切れ目が長すぎる。

美奈子との前の続き柄を知っているのは兄たちだけだが、それは十数年昔の長兄の妻としてであった。彼女が離婚したと同時に縁は切れた。その直前、長兄を新潟に迎えに行っての帰りの二人の事情をうすうす感づいていたらしい両親は死んでいる。もとより両親はそのことを長兄に話していない。

次に、今回の旅も秘密のなかで行なわれた。美奈子は前の同級生と旅行ということになっている。それから、尾道の旅館では宿帳を出さなかった。この有馬温泉の宿では偽名で泊っている。美奈子は、彼のことを横浜の「中村一雄」と書いたと言っていた。

美奈子がそれを書いたということは重要である。なぜなら、それは彼の筆跡ではなく、美奈子のそれだからである。あとで警察が調べても捜査の役には立たない。

ただ一つ、気がかりなのは長谷徹一と空港で遇ったことだが、長谷は彼が美奈子といっしょだったことには気がついていない。見つけられたというのは美奈子の被害妄想で、それは絶対にないと信じていい。

――こう考えてくると、宗三は或ることを実行するのに、いまが最上の条件にあると気がついた。これが先になると、美奈子が亭主にぶちまけてしまう。そうなれば一切が終わりで、こういう絶妙な機会は永久にこない。

宗三は心臓がどきどきしてきた。鼓動が高くなってきたのは、この思案が仮定の域を脱し、現実の行為に近づいてきたことであった。

11

思案がしだいにかたまってくるにつれ、宗三の眼はますますさえてきた。

傍の美奈子が寝返りをうった。浴衣の袖がたくれ、白い腕がつけ根まで出ている。それで落ちついたとみえ、軽い鼾《いびき》が聞こえていた。彼女の平静な寝息にくらべ彼の心臓は高鳴っていた。

女を殺すのはいいが、かんじんなのは犯行の証拠を残さないことである。証拠によって逮捕されたら一生の終わりだ。もともと、この危機から這《は》い上がるために女を殺すのだから、そのために身を破滅させたらなんにもならない。まるで女と心中するようなものだった。それだけの値打ちはこの女にはない。

宗三は、たいていの殺人犯人がいかに警察の眼をごまかすかに苦労しているかを新聞や雑誌などで知っていた。アリバイづくり、死体の埋没、焼却、バラバラに分解しての遺棄、すべては犯人が一生の浮沈を賭《か》けた知恵である。だが、そのほとんどは捜査側に敗北している。犯人の作為が自ら手落ちをつくっているからである。どんなに犯人が気をつけていても必ずどこかに盲点のようなものがある。それは不可抗力的に人間の頭脳を絶しているといってもいい。

人を殺しても、それが人目には殺人と分からぬような方法はないかと宗三は思った。変死でも、それが過失死か殺人か分からないような方法である。

いちばんいいのは死体が白骨化することである。宗三は人類学教室で古代の人骨の標本をたくさん見ているし、発掘でも人骨を掘り出すのは珍しくなかった。あの古い白骨のなかには病気や事故死以外に殺された死体だって多いにちがいない。なかには頭蓋骨に鏃《やじり》を射こまれたあとがあったり、切り創《きず》が残ったりしているのがあるが、そういう跡が無い以上、区別はできない。

だが、死体が完全に白骨化するまで、土地の乾湿という立地条件にもよるが、だいたい一年くらいかかる。いらだたしい話である。それまで死体が人目にふれないところに横たわってくれていればよいが、このあたりだと途中で発見される可能性が強い。

そのうち、宗三はかつて自分の友人が仲間一人と舟で夜釣りに行き水死した事件の記憶が浮かんだ。当時、友人はその仲間の恋人を奪っていたので、その恨みから彼に海につき落とされたのではないかという噂《うわさ》が立った。警察でもずいぶん調べたらしいが、仲間はもちろん強く否定するし、船頭も何かの用事をしていて知らない間の出来事だと言ったので、結局、真相は分からずじまいになった。

そのとき聞いた話だと、警察では水死体の自他殺の区別を、それが男の場合、ズボンの前ボタンがあいているかどうかを判断の一つにしているということだった。舟の上で小便をするとき、男はたいてい舳先《へさき》や舷側《ふなべり》に立つので、酔っているとか舟の揺れなどで身体の重心を失い海に転落するというのである。

海が最適だというわけだが、美奈子をここから海に誘うことはできない。沖釣りはあまりに唐突で、不自然である。それに友人の場合のように都合よく思い通りの舟が傭《やと》えるかどうかも分からぬ。第一、美奈子は明日にでも一応松山に帰るだろうから時間的な余裕もない。宗三にすれば彼女以上に余裕がなかった。

宗三は失望したが、ふと、尾道の旅館横の急坂を下るとき、

（わたし、高所恐怖症よ）

と言って身をすくませていたのを思い出した。

高所恐怖症は高い場所から直下を見おろしたとき、貧血を起こす。眼が昏《くら》み、フラフラと脚がくずれる。この状態は、舟から海に落ちるさっきの例とまったく同じではないか。――海を山に変えるだけのことである。

一時の失望で静まっていた宗三の心臓は再び激しく動きはじめた。

この近くには急な山が多い。六甲山塊はロッククライミングの練習場になっているくらいで、侵蝕された深成岩がところどころ切り立った断崖をなしている。こうした地形は、神戸からケーブルカーで摩耶山にのぼっただけでも分かるし、六甲の別荘地を歩い

ても知れる。
あの絶壁の上に美奈子を立たせたら――と思うだけでも宗三の胸はどきどきしてきた。その断崖を石ころのように落ちてゆく女が眼に浮かんだ。

　こういう死に方は山を歩いている女が足を踏みはずして転落したと警察ではみるだろう。多少は妙に思うかもしれないが、水死と同じように人力で攻撃を加えたあとはない。外傷は転落の途中に岩角につきあたってできたと分かる。十メートル以上の高さから落ちるのだし、即死は請《う》け合いである。

　ただ、そんな山を女ひとりがどうして歩いていたかという疑問は持たれようが、山といっても深山幽谷ではない、六甲山あたりだと神戸からいい道路がついていて遊覧のバスや乗用車がいくらでも通っている。ホテルや旅館もあるし、別荘は無数だ。遊びにきた女が景色をたのしむために山をひとりで散歩していたとしても不自然ではあるまい。

　宗三は、明日の朝いちばんに美奈子を誘ってその場所に行く決心をつけた。

　だが、ここで困るのは二人で山を歩いているときに人目につくことである。たったいま、六甲山付近だと遊び客が多いから女ひとりの山歩きも警察に不自然に思われまいと考えたが、今度はそれが殺人の障害となった。両方、都合のいいことはないようである。

　ほかに恰好な場所はないものか。

　すると宗三は、空港からこの有馬温泉にくる途中、自動車道路がぐるぐる回っていたあたりが急峻な山だったのを思い出した。あのへんも裏六甲にふくまれているのだろう。

ああいう急な山の中だったら、かならず断崖のあるところに出るに違いない。

これまでは人目の多い神戸寄りの六甲山ばかりを考えていたからいけなかったのだ。それよりも東側の、宝塚に近い山だとずっと淋しいから目撃される率は少ない。……

宗三の考えはつづく。

……あとは、どんな理由をつけて美奈子をその場所に連れ込むかである。彼女が不安を感じてシリごみしたらそれきりである。無理に連れ出せば騒がれる。

だが、それも心配はあるまいと宗三は思った。なぜなら、山は立派な舗装道路に沿っている。車が両方から来て走っている。「文化」がすぐそばにあるのだ。決して人里はなれたところではない。これが彼女を安心させるであろう。

ガラス面のようにすべすべした、幅のひろい舗装道路は現代の文明を感じさせる一つである。どのような山の中でもこの鉛色の道がついていれば、深山の感覚をふきとばしてくれる。視覚にはいる自然も人工的にみえてくる。このへんで、ちょっと車を降りてみようといっても美奈子に不安はないはずだった。ましてそこは有馬と宝塚をむすぶ交通線上ではないか。

宝塚に近いというのはまことに都合がいい。伊丹空港に行く途中である。神戸寄りの六甲のあたりだと空港とは逆方向になるので美奈子もイヤだと言うかもしれないが、伊丹に戻る途中だから否応はない。

ちょっとこのへんの山の景色が面白そうだから、入口のあたりまではいって見ようじゃないかと言えば、美奈子もその気になるだろう。飛行機に乗るのが遅くなると言うかもしれないが、松山行は午後の便もあるのでそれに乗るようにすすめる。

だが、美奈子は、わざわざ車を降りてそんな山なんかはいるのは面倒だと言うかもしれない。それは十分に考えられるが、そうは言わせないだけの策略がもう彼の胸にはできていた。

——宗三は、なおも細部にわたっていろいろと考えたが、気分がそれで落ちついたためか、いつのまにか睡《ねむ》りに落ちた。

頬べたをつつかれて宗三が眼をさますと、美奈子の顔が真上からのぞきこんでいた。すでに風呂も済ませたらしく、化粧した顔だった。

「よく睡ってたのね」

機嫌のいい表情で、唇に軽くふれてきた。

「いま何時だ？」

「九時すぎてるわ。そろそろ食事を女中さんがもってくるわよ」

九時過ぎだというと、午前中の松山行の便には間に合わないのだろう。美奈子もそれは承知でいるらしいのでよかったと思った。

「天気はどうだね？」

「とてもいいわ。今日は暑くなりそうだわ」

雨降りだと山にはいれないから、これも好都合である。

「天気がいいと飛行機が揺れないからいいね？」

さぐりを入れてみると、

「そうね、ありがたいわ」

と明るい返事が戻ってきた。

昨夜までは、このまま松山の亭主のもとには帰らないとさんざんゴテていたが、それをケロリと忘れた顔だった。宗三は、美奈子の気が変わって、無事に松山に落ちつきそうにも思えてきた。それで済めば、殺人などという無用な冒険をする必要はない。昨夜床の中で寝もやらずに思案した苦労が無駄になるほうを望んだ。

しかし、美奈子は彼の安心を粉砕するようにぴしゃりと言った。

「松山に戻ったら、すぐにでも亭主に一切を言うわ。ちょっとゴタゴタがあるだろうけど、一週間くらいで片づくと思うの。わたしが東京に行くのは十日くらい先ね。あなた、それまでに適当なアパートを見つけておいてよ」

宗三は心で唸《うな》った。

「アパート、あなたの家からあんまり遠くても困るわね、だって、あなたが通《かよ》ってくるのにたいへんだもの」

「うむ……」

思わず顔をしかめたのが分かったのか、美奈子の眼が急に強くなった。

「わたしの決心は強いのよ。子どもが生まれるんだもの。あなた、いい加減なつもりでいたら、たいへんなことになるわよ。今日、家に戻ったら、すぐに亭主に別れ話を持ち出すんだから。……いいわね？」

睨《にら》まれると、宗三はイヤとは答えられなかった。

「分かってるよ」

拒否しないかわり、計画の実行に追い詰められた。宗三は耳鳴りをおぼえた。

風呂にはいり、朝飯の前に坐るまでの彼は半ば無意識だった。これが夢のつづきだったらどんなにいいだろうと思った。胸がしめつけられるようだった。

「なに考えてるの？」

黙って箸を動かす宗三に美奈子は眼をあげて訊いた。宗三は心の中を見抜かれたような気がして、どきりとしたが、

「べつに。なぜ？」

とわざと反問した。

「だって何も話をしないんだもの」

「失敬。ちょっと東京に帰って学会に報告する論文のことで、ひっかかる点があったのでね、それを考えていたのさ」

「そう。じゃ、わたしがよけいな口をきいて、邪魔しちゃ悪いわね」

「もういいんだ」

「……ねえ、あなた、わたしが夜明けごろにあなたをつついて起こしたのを知って

る?」

「覚えてないな」

「よく睡ってたわね。つまらなかったわ」

美奈子の眼に猥《みだ》らな色が滲《にじ》み出た。——その性質が、彼女を山に連れこむ宗三の策略の根底になっていた。


宗三は、昨日はいったときからこの旅館の女中になるべく顔をみられないようにしたが、今朝は要心をもっと強めた。宿料の支払いは美奈子がしたが、その間は手洗いに避けていたし、玄関に向かう廊下ではすれ違う人にうつむいていた。玄関に出ても見送りの女中たちから顔をそむけるようにした。美奈子のほうがずっと大胆だった。

問題はタクシーの運転手で、途中、あの場所に降りるのだから、小利口《こりこう》な運転手でないほうがいい。ところが、迎えのタクシーの運転台をちらりと見ると、五十すぎの、眼鏡をかけた、運転手にしては、しょぼくれた顔だったので宗三は安心した。それでも彼は車内ではバックミラーから顔が見えないように窓ぎわに身を寄せた。温泉の中心街を抜けて、山あいの高速道路を走るころから宗三は左右の山のかたちに眼を配った。いたるところに尖った山容が見えた。強い陽が当たっている山は白く光っていた。

「このへん、面白い山のかたちだな」

宗三は美奈子に話しかけた。

「そうね」

美奈子は、外を一瞥《いちべつ》したが、あまり興味がないのか気のない返事をした。

「ちょっと、歩いてみたいな」

宗三は彼女の反応をうかがった。

「そうね。でも、たいへんだわ」

美奈子はそれを今とは思わないで、先のことだと取っていた。

宗三は黙った。彼女にその希望が現在のことだと不自然でなく思わせなければならぬ。が、そのように伝えて納得させるのはむずかしかった。宗三は適当な言葉を懸命に捜した。タクシーは道路をどんどん下《くだ》っている。山が切れて宝塚に出てしまうと、一切が終わりである。機会は永久にこない。くるのは彼の破滅だけであった。この山の間を走るのは、あと、せいぜい三十分くらいであろう。宗三は顔が蒼くなり、脂汗がにじみ出た。

そのとき、いままで何も言わなかった五十すぎの運転手が咳《せき》払いをして嗄《しわが》れた声を出した。

「お客はん。山のかっこうのおもろいとこやったら、この先に名所がおまっせ」

宗三の言葉が耳にはいっていたらしく、そんなことを言った。

宗三は救われたような気がした。

「山の名所かね？」

「そうだす。蓬萊峡《ほうらいきょう》といいまんね。南画のようにデコボコの山がならんでまっさ。ちょっと壮観だっせ」

くるときに乗ったタクシーの仏頂面《ぶっちょうづら》の若い運転手と違い、年をとっているだけにこの運転手は親切で話ずきのようだった。宗三は、相変わらず、バックミラーに顔がはいらぬように窓ぎわの位置から、

「それはここから遠いのかね?」

と訊いた。

「いえ、もうじき、この先だす。宝塚に出る手前だす。車からもよう見えまっせ」

運転手の答えで、宗三はやっぱり昨夜考えていた場所だと思った。昨日、有馬温泉に向かう途中に見えていた景色である。あれが蓬萊峡というのか。何々峡という以上、断崖が多いに違いない。

五分も経たないうちにその場所に来た。右側の窓には、川が流れ、その向こうに突兀《とっこつ》として白い山がそびえていた。花崗岩の侵蝕された形状だった。さらに左窓に眼をうつすと、すぐ道路の横から樹木の間に岩肌の露出した急斜面がせり上がっていた。運転手はこの名所を見せるために、道路わきに車を停めてくれたのである。

「どうだ、ここで降りて、ちょっと山の中を歩いてみようか?」

いかにも、その思いつきに熱心になったように、自然な言葉が口から出た。

「こんなところに?」

美奈子は山を大儀そうな眼で見入っていた。

「ちょっとぐらい、いいじゃないか。一時間も散歩すれば十分だから、飛行機の時間にはたっぷり間に合うよ。いまから空港に行っても、中途半端《はんぱ》でしようがないからね」

「そりゃ、そうだけど……」

美奈子は彼の言葉にやや気持ちが動いたようだったが、

「でも、こんなところに降りたんじゃ、タクシーが拾えないんじゃない？　そしたら困るわ」

とためらっていた。

「そりゃ大丈夫だろう。タクシーはいくらでも通るだろう、ねえ、運転手さん？」

「へえ、伊丹あたりから有馬温泉に客を送った帰りの空車がよく通ってます」

「そらみろ。とにかく、ちょっと降りよう。たまには人のいない山の中を歩くのもいいよ」

それは二人きりで山の中を歩こうという彼の誘いであった。それには、人のいない山中で、今朝の未明に達せられなかった彼女の不満を満足させる意味がふくまれていた。深い樹林の中の抱擁は、想像だけでも彼女を刺激するはずであった。女は初めての経験に昂奮しがちである。

「いいわ。じゃ、降りるわ」

美奈子は承諾した。横のスーツケースに手をかけたのをみてから、宗三の頭に血がかけのぼった。

なんといっても、この舗装された近代的な道路のすぐ横に山があることが彼女を不安から解放していた。

二人を道路の上に残してタクシーが走り去ったとき、宗三の生涯をかけた闘争がはじまった。

12

——一年近く経った。

宗三の助教授の地位は変わらなかったけれど文学博士になった。その間、これまで書き溜めた論文をまとめて出版したが、たいそう好評であった。主として弥生式時代の研究である。気鋭な新進学徒として学界からますます注目されたし、来年は停年退職する教授のあとを襲うのは確実であった。

宗三は学問の研究に身を入れた。よそ目にはそれが約束された将来の栄光に対する励みのように写った。が、彼自身は美奈子の死の記憶を少しでも忘れるために勉強に打ちこんでいたのだった。もちろんその勉強が彼自身の地位固めに役立つ功利的な面を忘れはしなかったが、研究に没頭している間は苦悩から一時的でも脱《のが》れられた。

しかし、それもはじめの間で、近ごろは、危機感からくる苦悩がうすれて以前の落つきによほど戻っていた。一年近く経過しても、あのことでは彼のところに何の音沙汰もないのである。

最初の二か月は夜もろくに睡れぬくらいだった。恐怖は美奈子を殺した事実よりも、犯罪が暴露しそうな予感からだった。彼は早朝が怕《こわ》かった。刑事が犯人の寝込みを襲いに夜明けごろに家にやってくるというのは人から聞いてもいたし、新聞などにも載っていた。

また、道を歩いているとき、電車に乗っているときなどふいに隣りから手が伸びそうな感じがした。ことに大学に刑事がくるのをいちばんおそれた。その場で自殺するほかはないように思われた。

そうした絶えざる緊張も三か月めになるころ、少しずつゆるんできた。彼のまわりには依然として何の兆候もなかった。まだまだ油断はできないけれど、このぶんだと無事にゆきそうな気がしてきた。

宗三は、或る日、国会図書館に行って神戸と大阪の新聞綴りを繰《く》ってみた。あの日からの記事を丹念に見ていったのだが、蓬莱峡の山中で女の他殺死体が発見されたという報道はなかった。

すると、十二、三メートルばかりの断崖下に落ちた美奈子は、灌木と笹やぶの茂みの底に死体となって横たわり、だれの眼にもふれないようにかくれているのだろうか。発見されたら、記事に出ないわけはない。美奈子はあそこで腐り、動物や昆虫に喰いちぎられ、組織は溶解して地に吸われ、白骨を残しつつあるように思われた。

どうかそうあってほしいものである。永久とはいわないまでも七、八年くらいはそうあってほしい。そうなると身もとも犯跡も完全に無くなってしまう。宗三は崖の上から美奈子を突き落とす瞬間、ハンドバッグを奪い、スーツケースといっしょに持ち逃げしていた。それらは東京駅の荷物一時預所に渡しておいた。大阪駅のほうが楽だが、現場に近いので気がさしたのである。

ハンドバッグを入れた美奈子の地味なスーツケースと自分のそれと両手にさげて新幹線に乗ったが、だれもふしぎに思う者はなかった。山から舗装道路に出て有馬方面からきたタクシーの空車を拾ったときも同じで、若い運転手は眼もくれなかった。

宗三はハンドバッグの中から身もとの分かりそうなものは一切抜き取っておいたし、彼女のスーツケースの中も調べてみたが手がかりになりそうなものはなかった。ネームも何もない夏ものの簡単なワンピースが一枚と下着だけだった。彼女が着ていたスーツも同じで、そのつもりになった前の晩、有馬の宿でそっと確かめておいた。東京駅の荷物一時預所では期限が過ぎても引取り手のない所有主不明のスーツケースを、ほかの同様な荷物といっしょにもう処分してしまったに違いなかった。その荷物が裏六甲にふくまれる蓬萊峡の谷底に横たわった死体と関連があろうとはだれも想像しないにちがいない。

日が経つにつれ、宗三の安心は深くなったが、不安のタネは尽きないものである。今度は現象に何もあらわれないということが心配になってきた。あまりにもそれが無さすぎた。もしかすると、あれは夢の中の出来事ではなかったかと錯覚するくらいである。しかし、決して夢ではなかった。彼の手には、断崖の上で彼女を支え、ついで美奈子の背中を強く押した感触が執拗に残っていた。

だが、この無事な日が過ぎてみると、宗三には奇妙な想像が起きた。

——もしかすると、美奈子はあの谷底で生き返り、松山の夫のもとに戻って暮らしているのではあるまいか。

ばかげた空想であった。しかし、美奈子の性格を考えると、まんざらあり得ないことではなかった。ヒステリックに騒ぎ立てる女ほど、あとはケロリとするものだ。美奈子は自分を殺そうとした恐ろしい男に見切りをつけ、安泰な妻の場所に戻って何もなかった顔をしているのではなかろうか。妊娠にしてもやはり狂言のようだった。今ごろ美奈子は店さきで愛想《あいそ》を言いながらハンドバッグやネクタイなどを客に見せているのではあるまいか。……

宗三はある日、国会図書館に行った。三度めだった。新聞閲覧室に行って愛媛《えひめ》県の地方紙を繰った。あの日から数えて二週間めの日付の社会面にその活字があったので、彼の眼は怯《おび》えた。洋品店「伊予屋」西田慶太郎の妻美奈子が二週間前に関西の旅行先から行方不明になったので、夫から捜索願が出されたという記事だった。

美奈子の亭主の西田が慶太郎という名であることも宗三はその新聞で初めて知った。そのあとの新聞をめくったが、記事はそれきり絶えていた。近ごろは人妻の「蒸発」が珍しくないので、新聞もそれ以上の興味はもたないのかもしれない。続報のないことは捜索願を受けつけた警察の不熱心を思わせた。

「関西旅行」というのが気になるが、これは同窓会で旅行してくると亭主に言った美奈子の口実が偶然に一致したのである。彼女の死体のある場所が関西地方にはいっているのは気のすすまないことだった。

とにかく、これで美奈子が無事に亭主のもとに戻ったというようなナンセンスな空想は消えた。宗三は、あらためて現実の淵《ふち》に直面した思いだった。

愛媛県の地方紙を見たついでに、大阪や神戸の新聞を以前二回にわたって見た日付からつづけてめくったが、蓬萊峡の中で異変が発見されたという記事は見当たらなかった。もうこれでいい、これきり図書館に新聞を見にくるのはやめようと思った。あまり何度も地方の新聞ばかり閲覧していると、図書館の係員に疑問を持たれるかもしれない。疑惑を残すような行動はどんな小さなことでも避けたほうがよかった。

宗三は自分のしたことで、どこかに証跡を残していないかと考えた。それはもう何回となく試みた検討であった。亭主から捜索願が出ている以上、警察も一応は関西方面の旅館に当たっていると思わねばならなかった。

まず、最初に泊った岡山の備前屋ホテルだが、ここは先着の美奈子が宿泊人名簿に彼のぶんといっしょに記入をすませていた。宗三は「早川」という名になっていた。尾道の内海荘では税金対策かもしれないが宿帳を出さなかった。有馬温泉の明月荘では美奈子が二人ぶんを記入した。宗三は横浜の「中村一雄」になっていた。いずれも美奈子の筆跡だから、懸念はなかった。

次は「顔」の問題である。岡山でも尾道でも有馬でも宗三は宿の女中に顔を見られている。だが、毎日何十人という客を迎え、そのなかにはアベックもずいぶんと多いから、何か月も経ったのちまで正確におぼえている者はないと思われた。人間の記憶はあやふやなものである。

明月荘から蓬萊峡の入口まで運んでくれたタクシーの運転手は五十に手の届くような年齢《とし》で、話好きだが、ものおぼえがいいとは思えなかった。客に対する注意力も散漫のようだった。蓬萊峡という名所に途中で降りたのも自然で、その運転手が自ら推薦したのだからこちらを怪しむはずはなかった。それに、宗三は車内でバックミラーに顔が映らないような位置に絶えず身を置いていた。

……こう考えてくると、すべては安全のようにみえる。しかも、これは美奈子の他殺死体が発見されて警察が捜査活動を開始した場合の想定だから、そのことがない現在はもっと安全であった。

宗三は、長兄寿夫ともよく遇った。寿夫の口からは一度も先妻の美奈子の名は洩れなかった。もし、宗三の知らないところで警察の活動があれば、当然、十五年前の美奈子の夫が寿夫だということは彼女の戸籍簿か何かで分かるから、寿夫のもとにも刑事が参考のためにやってくるはずだった。くれば必ず寿夫がそれを宗三に言うはずだが、寿夫はそんなことはひと口も言わなかった。短い結婚生活だった先妻のことは長兄の脳裡《のうり》からとっくに消え、いまは彼女がどのような再婚先を得ているかも知らないのだった。

とにかく、周囲には嘘のように何もない。

最後の気がかりは——どうも気がかりなことが次々と出てくるが——長谷徹一のことだった。

あの男が伊丹空港で美奈子と同伴《つれ》だったことに気づいているかどうかだった。美奈子はあのあとそのことを主張していた。今となるとやはり不安になってきた。

美奈子が言っていたように、もし、長谷が洋品屋の親父にそのことを話し、親父から同業の彼女の亭主に告げられていたら、亭主はそのことを警察に言うか、またはその前に長谷を介して問合せしてくるだろう。刑事もやって来ず、長谷からも何も言ってこないところを見ると、やはりあれは美奈子の思いすごしだったのだ。

そう考えられるものの、長谷が知っていて黙っている場合もあった。友人のことで滅多なことは言えないという心理があるかもしれない。それだったらかえって危険で、近いところに爆発物をおいているようなものだった。

宗三はなるべく早くこの心配の当否を知りたかった。長谷に遇ってそれとなく彼の様子をさぐりたいのだが、日ごろ往来していない彼に突然会いに行くのも妙であった。もし、長谷にあの疑いが残っていれば、彼の不自然な行為で疑惑を決定的にするかもしれなかった。電話をかけても同じことで、これまでになかったことをするのはヤブヘビになるおそれがあった。といって、このままでは何とも落ちつかなかった。

宗三は、ときどき、こんなことで気苦労が重なるのを情けないと思った。これだけの頭脳的な精力を専門の研究にふりむけたら、どれくらい役立つか分からなかったし、またどんなに幸福かもしれなかった。

これも美奈子を殺した罰といえばいえそうだが、宗三はそうは考えたくなかった。美奈子が生きていては急速に破滅がくる。殺したのはその自衛手段だった。無価値な女に陥れられるのは社会的に不合理であった。どのような手段にうったえても生き残らねばならなかったのだ。こんなよけいなことに神経を消耗するのが情けないと思うことはあったが、しかし、これは危機を乗りこえるために充実した意味はあった。犯罪から脱れるためには、その前ぶれの気配に気を使うのは大切であった。

人を殺したのだから、この程度の精神費消は当然だと考えるようになった。それも永久ではない、当分の間である。この危機がすぎれば、研究に専心打ちこむことはいつでもできる。

長谷徹一と遇ういい機会がきた。

高校のときの校長が藍綬褒章《らんじゅほうしょう》を受けたので、旧同窓生で祝賀会を開きたいからそのパーティに出てほしいという案内状が幹事役からきた。世の中にはお節介な者がいるが、宗三はこのときだけは感謝した。この種の会となれば新聞社に籍を置く長谷も必ずくると思った。彼は、出席の返信を出した。

二週間後、宗三は学校の都合で定刻から四十分おくれてホテルの会場に着いた。入口の受付で会費を払いながら長谷が来ているかどうかを訊くと、係りはその人ならさっき見えたばかりだと芳名帖を一枚めくって示した。長谷徹一と墨字のへたな署名があった。ホールが人でいっぱいの盛況だった。宗三は、金屛風の前にすすみ、そこですっかり老いさらばえている旧校長に頭を下げただけで引き退《さが》った。胸に飾った勲章がかえって当人のしなびた顔をあわれにしていた。

長谷徹一をさがしたが、この人ごみではどこにいるのか見当もつかなかった。イモの子を洗うような中を十分以上もあちこちと移った末、やっとスシを頬張っている長谷の横顔を見つけることができた。

宗三に声をかけられた長谷は、スシ皿をテーブルに置き、飯粒のついた指を口の中に入れて舐《な》めた。

「よう、いつぞやは」

と長谷は眼を細くして言った。新幹線の列車の中で遇ったのを主《おも》に言っているのか伊丹空港のことなのかまだよく分からなかった。

「相変わらず元気そうだな」

宗三は内心ひやひやしながら長谷の脂で光る顔を見たが、

「元気、元気。飛び回っているおかげだ」

長谷は屈託のない笑顔をみせた。宗三に対していささかのこだわりも疑念もない表情だった。あたりが騒がしいので声は大きかった。宗三はひとまずほっとしたが、もう少し長谷の様子を見ないと本当の安心ができなかった。

「君の仕事ではそうだろうな。やっぱり、京都にはよく行くのかい？」

口に出したあと、よけいな質問だと思った。関西方面の話は避けたほうがよかった。

「一か月に一、二回は必ず行く」

美術記者としては当然そうなるという言い方だったが、ふいにニヤリとして、

「それにね、ぼくの親父が日本橋で洋品屋をしている。頼まれて、社用のついでに西陣なんかに回ってくることもあるよ。このごろは西陣織りのネクタイなんかも扱っているんでね」

と言った。話が洋品屋のことになったので宗三は警戒しながら、

「ほう。君の家は洋品屋か」

とはじめて知ったような顔をした。

「三代つづいている」

長谷は多少、自慢げに言ったが、急に思いついたように顔を寄せてきた。

「ほれ、この前、もう半年前だったな、君と伊丹空港で遇ったね。君は学会のことで大阪に行ったそうだけど……」

「ああ」

宗三の胸がにわかに波立ってきた。もっとも危険な話になったが、しかし、長谷の考えを完全に知るにはいい折でもあった。

「あのとき、つまり、君とぼくとが話しているときにさ、そこに現われた婦人にぼくが挨拶してたね。覚えているかい？」

覚えていないと答えると不自然に聞こえそうなので、

「うむ、なんだかそういうことがあったようだね。ぼくはほかに用事があって、君の前から早く失敬したが……」

と答えた。長谷の話ぶりでは、どうやら美奈子と自分とを結びつけて考えてないようなので、宗三は前よりは安堵した。が、まだ油断はできなかった。

「いや、ぼくこそ途中であの女性と話をしはじめて失敬した。あの人は四国の松山でね、やっぱり洋品店をやっている人の奥さんなんだ」

「そうか。……どういう女性だったか、ぼくは顔も見なかったが」

長谷がこっちの関係を完全に知らないと分かると、宗三は吐息が出るほどうれしかった。

「君がもう少し居たら、ぼくは彼女を紹介するつもりだったのだがね」

あのとき予感した通り、危ないところだったのだ。

「四国の洋品屋さんじゃ紹介してもらっても仕方がないね」

宗三が苦笑を装《よそお》うと、長谷はさらに大きな声を出した。

「いや、そうじゃない。あの奥さんはあれきり何処かに消えたままなんだよ。ご亭主は二十も年齢《とし》が上なので奥さんをずいぶん可愛がっていた。それで女房の行方さがしに血眼さ。警察に捜索願を出したり、人に頼んで心当たり先を捜したんだがね。気の毒に今もって消息が分からない。奥さんは同窓会の旅行に関西方面を回ってくると言って家を出たが、あとでそれは嘘だと分かった。……」

「どうしたんだろうね？」

宗三はどきどきした。表情が変わらないように努《つと》めた。

「さあ。土地では奥さんにだれも知らない恋人がいて、駈落ちしたんじゃないかと噂している。女ざかりだからね。ご亭主はすっかり力を落とし寝込んでしまったよ。……あのとき、君も奥さんの顔を、ちょっとでも見とけばよかったよ」

——パーティで長谷の話を聞いてからさらに半年経った。今は、美奈子を殺して一年近くになる。

13

考古学的な一つの報告が学界にはいってきた。

兵庫県西宮市岩倉山西北方の山麓中から銅剣一個と弥生《やよい》中期の土器数個が山歩きの青年によって発見されたというのである。

弥生時代、銅剣銅鉾《ほこ》は北九州圏、銅鐸は畿内《きない》圏とされているが、この二つの文化圏が東西の接点で相交《あいまじ》わったところが中国地方の鳥取県、岡山県のタテの線だといわれている。したがって摂津は銅鐸圏にはいるのだが、そこから北九州圏の銅剣が発見されたのは珍しい。そういう類例は他にもあるけれど、数はきわめて少ないのである。

大阪に近い兵庫県一帯の発掘は地元の大学の「持場」だが、以前、そこからの要請で、宗三の大学がその「持場」の発掘を了承したこともあって、今回の発見地の発掘を向こうから頼んできた。学界もまた「仁義」の世界である。

主任教授が宗三を呼んだ。

「面白そうだから、やってみようじゃないか。ちょうど学生も夏休みにはいるし……」

暑中休みになると、たいていの大学の考古学教授が学生をつれて発掘にでかける。

「発見場所の立地条件からみて、高地性遺跡らしいが、どうやら祭祀《さいし》趾《あと》のようだね。あのへんは六甲山にふくまれる。六甲山には、君も知っての通り、五箇山《ごかやま》、会下山《えげやま》、城山《しろやま》、保久良《ほくら》、伯母野《おばの》山などの遺跡があるから、今度のもその一つだろう。岩穴の近くから銅剣が見つかったというが、これもいわゆる岩陰《がんいん》遺跡らしい。君にはその発掘に興味があると思うが」

主任教授は誘うような微笑を宗三に投げかけた。

弥生時代を専門のようにしている宗三は先方の大学から発掘の依頼があったという話が伝わったときから、自分にそのお鉢が回ってくるだろうと予想していた。しかし、その予想には或る恐怖がともなっていた。

宗三は地図を調べて、発見地の「兵庫県西宮市岩倉山西北方」が蓬萊峡《ほうらいきょう》の中にあたっていることを知った。岩倉山は四百八十九メートルだが、その西北に流れた山塊は複雑な地形で多くの断崖や谿谷をつくり、北側の川にせまっている。この川に沿って有馬、宝塚間の舗装道路がついているのである。

弥生遺跡の新発見地は、まさに宗三が美奈子を連れこみ、そこの絶壁から突き落とした場所と同じだったのだ。

もっとも、美奈子を殺した場所がどのへんだったかはよくおぼえていなかった。はじめて足を入れた山中だし、とにかく適当な断崖を眼で捜し求め、美奈子を引張りまわすだけが精いっぱいであった。

宗三は雑木林の中で美奈子と最後の営みをした。それは彼女を容易に山中を彷徨《ほうこう》させる手段であったが、その場所も分からない。

美奈子を十五、六メートルの断崖の上につれてきて立たせ、下をのぞかせたものだが、そのへんの景色は宗三の眼に明瞭に残っている。花崗岩から成る絶壁は途中で視界を遮《さえぎ》る樹木のしげりもなく、直下の谷まで見通しであった。高所恐怖症の美奈子が目まいを起こし、両手で顔を掩《おお》ったとき、支えていた彼の手が背中を強く押したのである。瞬間に美奈子が身体を前に傾けて崖上から消えた。彼女は短い声を出したが、絶叫ではなかった。こんなとき映画やテレビ劇では女が大きな悲鳴をあげるが、嘘だと知った。恐怖の作用で声など出るものではない。——

その現場の景色は記憶にあるが、いま、地図をみてもどのへんに当たるのか指摘できなかった。また遺跡発見地も正確には知らされていないので、現地に行ってみるまでは分からなかった。だが、両方の地点にそれほどの距離があるとは思えなかった。

宗三は、いずれこの発掘の任務が主任教授から自分に回ってくるものと考えて悩んでいた。彼は適当な口実を設けて断わることを考えた。危険な場所には近づかないほうが賢明なのだ。これまで安全に過ごしたのである。そんな所に行ったら何が起こるか分からない。

だが、拒絶する適当な理由が見当たらなかった。彼の健康はきわめてよかった。夏休みに特別な予定もない。家族と海に行くとか、涼しい高原ですごすとかいう私事では口実として弱かった。かつて妻の入院中でも発掘のため東北地方に二か月以上滞在したことがあった。それから現在まで主任教授のいいつけを一度も断わったことはなかった。ボスの意に反すると出世が停頓する。

たいした理由もなく発掘を断わると——何かその地方に出かけたくない特殊な事情があるように周囲に思われはしないか、という新しい危惧が宗三に起こった。ことに、高地性遺跡の問題は彼がいま興味をもっている課題であった。それは主任教授の言う通りだった。今回の発掘は彼の理論の上で有力な資料となり、また新しい着想を与えるかもしれないのだ。それを断わるのは、どうも不自然で、こっちの腹をさぐられそうな気がした。

これはよけいな思い過ごしかもしれない。しかし、いったんそう感じると、その危惧はしだいに彼の心の中で深まってきた。そこからいろいろと悪い想像が派生した。

宗三は考えを改めて、決心した。まことに忌《い》まわしい場所ではあるが、美奈子の死体は発見されているのではなかった。したがって警察の捜査が行なわれているわけではなかった。だれも彼を怪しんではいないのだ。失踪した美奈子と彼を結びつける者は一人として存在せず、また、物的証拠は何一つなかった。

ひそかにその覚悟がつくと、宗三は六甲山に点在する各遺跡の調査報告書をもう一度読み返した。五箇山、会下山、城山、伯母野山などの遺跡は弥生中期にはじまる居住趾で、生駒《いこま》山の両側にあるそれとともに、水稲耕作に適する低湿地帯を控えた高地集落の跡と報告されている。だが、岩倉山西北斜面の新発見場所は、立地条件からみて集落とは関連があっても、単一な祭祀趾であろう。岩穴付近から銅剣が出たというのがそれを裏づけているようだ。岩穴は自然の侵蝕によってできたものだが、石器時代の獣骨などが発見される洞窟と区別するため「岩陰遺跡」と呼ばれている。

宗三は書棚から出した報告書「摂津高地性遺跡の研究」を再読しはじめた。彼の心には学問に対する功名心が新しく起こってきた。

それで、いま、主任教授の誘うような眼に向かって宗三は、

「参りましょう」

と答えたものである。

講師二名が助手や学生を連れて現地に向かったのは七月二十日だった。

いつもはどの発掘にも最初から同行する宗三は、今度は用事を言い立てて四、五日遅らすことにした。

決心はしたものの、やはり内心では躊躇《ちゅうちょ》するものがあった。何といってもイヤな土地である。まっ先に乗り込むには相当な勇気を要した。危険な所に手探りで飛びこむような気がしたのである。数日でも遅れたほうがいい、その間に覚悟を固めたいと思った。

また、先発隊を出したのは現地の偵察の意味でもあった。その土地に変わったことがあれば、考古学とは関係がないけれど、先発隊から何か報告がくるにちがいなかった。宗三が行くまで、現地からの連絡電話は毎日くる手筈になっていた。

約束通り、その連絡の電話は毎日かかってきた。先任の塚田講師は、発掘の準備がすすみ、学生たちの宿泊、給与、健康も完全であると報告した。

「場所はどんな所かね?」

宗三は訊いた。

「蓬莱峡というのをご存知ですか?」

塚田講師は言った。

「さあ、知らないね」

蓬莱峡というのは、京阪地方でこそ有名かもしれないが、全国的ではないから、知っているといえばそこに何らかの因縁があったことになる。

「でこぼこした岩山がならんでいる奇景なんです。宝塚から有馬温泉に行く自動車道路のすぐわきからはいるんですが、狭い小径《こみち》を二キロばかり行ったところです。二百メートルくらいの山腹で、そのへんだけは雑木が茂っています」

宗三は安心した。美奈子を殺したところは、そんなに深くははいっていない。入口からせいぜい千メートルくらいのところをうろうろしただけで、すぐに崖の上に出たのである。

「では、相当便利は悪いな」

何か変わったことはないかと訊きたかったのだが、それも特別な意味に聞こえそうだったので、そんな問い方になった。変事があれば先方から言うにちがいない。

「いえ、それでもわれわれの基地になっている船坂という部落からはそう遠くありません。そこからだと地形もゆるやかですから」

基地にはその講師も学生も民宿していた。

「土地の人の様子はどうだ？」

やはり遠回しだった。

「歓迎をうけています。山の地主さんも非常に協力的です」

その返事も彼の期待からは距離があった。現場付近には何も変わったことはないと早く聞きたいのである。

「発掘現場に人がやってくるかね？」

「普通の人は来ませんが、川原に若い人がキャンプを張っている程度です。そのほか、村の中学生が夏休みですから見物にくるくらいで、あまり邪魔にはならないと思います」

相変わらず、もどかしい答えだが、その口ぶりからしてまず、異変はなかったと考えよう。

宗三は、どうでもよいことばかり聞いているように塚田にとられそうなので、

「発見の銅剣はどんなものだった？」

とはじめて肝心《かんじん》なことにふれた。

「一種のクリス型銅剣ですね。錆《さび》で腐蝕していますが、三つに折れた断面を見ると、褐紅色を呈しています」

「ああ、それは錫《すず》分があまり多くない青銅だからだろう」

「そうだと思います。とりあえず実測しましたが、全長が二四〇ミリ、茎《くき》の長さが六ミリ、茎幅一四ミリ、身中央の幅が三〇ミリ……」

以下、塚田は穂《ほ》先《さき》の厚さなど各細部の計数を述べた。

「土器は？」

「石器といっしょに出る土器の破片は櫛目《くしめ》式で、いわゆる畿内第三様式に属しているようです。見たところ硅砂《けいさ》の含有量が多く、少々厚手です。壺《つぼ》形が多いですね。発見され

たのは三個分ですが、本格的に掘ればぞくぞくと出てきそうです」

「石器は？」

「石鏃《ぞく》、石錐《すい》などがありますが、打製のほうは六甲山から出る輝石安山岩《きせき》、つまり灰黒色のサヌカイトです。加工は粗雑で、みんな厚手です。磨製のほうは石斧で、現在四個です。こっちのほうは加工が丁寧で奇麗です。そのほか祝部《いわいべ》土器が二個……」

「なるほど」

「先生、いつ、こっちにお見えになりますか？」

塚田は一日も早く来てもらいたい口ぶりだった。

「そうだな。ぼくの用事もだいたい片づいたし……明日行こう。なるべく午前中の早い特急に乗るよ」

これ以上は延ばしもできなかった。

まずは心配ないようである。が、そう答えたとき、宗三の心には何か一大冒険の旅に出かけるような慄《ふる》えがないこともなかった。

翌朝十時、宗三は新幹線の列車に乗った。大型のトランクにはノート数冊、参考書類のほかに一週間分の着更えの下着、シャツ、作業ズボン、キャラバンシューズなどを詰めこんでおいた。

村にはいったら、ろくなものは食べられないだろうと思い、十一時半にビュッフェに行った。今度の旅は公明正大である。知った人間は居ないかとビュッフェを見回したが、見覚えの顔は一つもなかった。うまくゆかないものである。都合の悪いときには長谷徹一のような男に遇う。

だが宗三は、遺跡の発見地が美奈子を殺した山中だったということも含めて、これを「天の摂理」とは考えたくなかった。そんな超自然的な教訓を心に浮かべるだけでも敗北主義だと思った。どんな危機でもそれに打ち勝たねばならぬ。

新大阪駅のホームには、講師の塚田が迎えにきていた。

「やあ、ご苦労さま」

宗三は塚田をねぎらった。

「準備はすっかり出来上がりました」

塚田はにこにこしていた。

「先生、新しい発見がありました」

「発見？」

宗三は心臓が波打った。

「ぼくらが迂闊《うかつ》だったんです。現場は大きな岩石がごろごろしているので気づかなかったんですが、よくみるとそれが環状に配列してあるんですね。なかには土の中に頭だけ出して埋没したり、大雨の出水で押し流されたりして欠けているものですから、それが分からなかったんです」

「祭祀趾の特徴だね。それじゃ円形に二重の列石になっているだろう?」

気持ちがしずまった。

「そうです、内圏とみられる石があります。旧状が相当に破壊されているので、この巨石が近くの崖の上から転落したようにもみえて、ちょっと区別がつかなかったんですが」

「崖があるのか?」

「十メートルから二十メートル近い断崖がまわりにあります。むろん侵蝕でできたのですが、環状列石も同質の石英粗面岩の風化したやつです」

断崖があると聞いて、宗三は黙った。嫌悪が胸に湧いた。

駅前からタクシーに乗った。

「蓬萊峡を知ってるかね?」

若い運転手というのに塚田が訊いた。

運転手はうなずいた。宗三は、運転手が美奈子といっしょに有馬から蓬萊峡の入口まで送ってくれた年寄と違っていたので、まず、安心した。

「その先に船坂というところがあるから、そこに行ってくれたまえ」

タクシーの中でも塚田は発掘現場の話ばかりをした。バックミラーに運転手の眼だけが写っていた。むずかしい話をしている客二人に好奇心をもっているのかもしれない。が、美奈子といっしょだったときとは違い、今は宗三も気を使うことはなかった。

「すぐ近くに奥行四、五メートルばかりの岩穴がありますが、銅剣はその入口付近から出ています。岩穴は下の土が堆積して人間一人が背中をまるめてやっとはいれる程度の高さですが、その下を掘ってみたら石器時代の遺物が出てくるかもしれません。つまり、石器時代の岩陰遺跡の上に弥生中期の祭祀遺跡ができたという想定です」

塚田講師は熱心に話した。

武庫川堤防の松並木が見え、宝塚の町にはいった。橋を渡ると、道路の両側が、切り立った山となった。いよいよ蓬萊峡であった。

「ふつう、高地性遺跡は前面に低地の水田をひかえた居住趾となっているが、この発見地のように前に平野のない山岳地帯とすると性格が違ってくるね。そこから、高地性遺跡を軍事的な防衛地とみる説が一部にある。だが、それはどうかな。山の中にある環状列石という点では神籠石《こうごいし》との相似性が考えられるが、神籠石が軍事的な防塁だったという説が消えたように、此処も祭祀趾と考えたほうがいいだろう。神籠石の山城説は朝鮮の山城《チャシ》からヒントを得たのだが、朝鮮にそれを求めるなら、ここの祭祀趾も魏志《ぎし》韓伝《かんでん》に見える霊域の蘇塗《そと》に祖型を当てたほうがいいかもしれないな。いや、これはぼくの思いつきだがね……」

なるべく忌まわしい景色を眼にしたくないため、宗三は横の塚田のほうをむいて饒舌《じょうぜつ》になっていた。

車の往《ゆ》き交《か》う舗装道路の状況は美奈子と走っていたときと少しも違わなかった。一年前が昨日のようだった。

途中、その道路から分かれたせまい道にはいって、農家ばかりの船坂部落に着いた。もう一人の講師と学生四、五人が迎えた。ほかの連中は現場に居るということだった。一軒の農家の縁先に、ワイシャツ姿の男たちが六、七人腰かけて休んでいた。その中に制服の警官が三人いた。

「あれは何だね？」

宗三は、どきんとなって訊いた。

「なに、一週間前に、この山の中で女の死体が発見されたんです。一年くらい経っているそうですがね。どうも他殺らしいというので警察が来て調べてるんです。……先生、では、現場に行きましょうか」

そんな騒ぎなどは学問と何の関係もないというように塚田講師は宗三を促《うなが》した。

14

美奈子の死体が一週間前に発見されたと聞いて、宗三の足もとはもつれた。ふだんから覚悟はしていたが、現実に耳にすると、しかも今その現場の中にいるかと思うと、身体の平衡を失いそうだった。農家の縁先に休んでいるシャツ姿の刑事たちが、今にも背後からとびかかってくるような恐怖もおぼえた。

塚田講師の連絡電話に死体発見の一件が報告されなかったのは、塚田の性格としてそんなものに興味を持たなかったからだろう。だが、塚田がこれを前もって報らせてくれさえしたら、此処《ここ》に乗りこむのに心用意があったし、場合によっては来るのを中止することもできたのだ。宗三は、案内のために一足先を歩いている熱心な、若い考古学徒がうらめしくなった。

が、それにしても気がかりなのは、現在の捜査の状況だった。一週間前の死体発見なのに、まだああして大がかりに刑事を動員している。いったい、美奈子の死体はどのようにして見つけられたのか。彼らはどうして一年前の墜死体を他殺だと推定したのか。そして、警察は死者の身もとや、犯人の手がかりとなるようなものをつかんだのだろうか。

しかし、それを塚田に積極的に訊くことができなかった。この男は殺人事件などは世俗的なことと心得て関心がない。それを強いて問うのは助教授の彼のほうが軽蔑を買いそうであった。そればかりでなく、なぜそんな事件に興味を持っているのか妙に思われそうだった。そこで宗三は何気なささうに言った。

「こんな所でもそんな事件が起こるのかなア。いったい、その死体というのはどこで発見されたのかね。まさか、われわれが掘っている場所じゃないだろうな?」

発掘場所だと気味が悪いが、という言い方にした。

「いや、発掘現場とはだいぶん離れています。死体が出てきたのはあっちの方角だそうですから」

塚田は歩きながら左手を挙げた。指先に、青く茂った林の上にのぞく白い岩山があった。山のかたちには見覚えがある。やはり美奈子といっしょに登った山だ。あのときは向こう側から登り、台上を歩いた。彼女を突き落とした断崖はここからは隠れていた。

宗三は眼をそむけて塚田のあとに従った。

「ぼくらがこっちに到着する一ン日前にその女の白骨死体が出たそうだから、もう少し早く来れば見られたかもしれないな」

うしろの学生が仲間に言った。半分は助教授の彼に教えたいためだった。

――そうか。やはり白骨になっていたのか。では、身もとは分からなかったろう。着ていた衣類はボロボロになっていたろうし、たとえ残ったとしても身もとの知れるような特別な印はなかった。

――しかし、どうして崖から落ちた死体が殺人と判断されたのだろうか。白骨になっているから、よけいに分かりにくいはずだが。

「君、それはどういう方法で殺されたのかね。首を絞められたのかね？」

宗三は、背の高い草の小径《こみち》を歩きながら、ちょっとうしろの学生をふり返った。学生の顔には中年男のように黒い髭が伸びていた。彼は白い歯を出し、はずんだ声で答えた。

「いや、そうじゃないらしいです。ぼくは刑事に聞いたんですがね。崖の上から突き落とされたらしいんです」

自分のうめきを、宗三は心臓の中で聞いた。

——どうしてそう推定したのか。根拠は何だろう。

「というのはですね。死体のそばに崖の上の石が三、四個ばかり落ちてたんですね。ほかにはそういう石がなかったんです。だから、女が落ちるとき、上の石もいっしょに転がり落ちたんですね。それから、崖の途中に灌木が生えているんですが、その折れた枝も死体のすぐ横にあったそうです」

——思い出した。そういうことがあった。上からのぞいて美奈子の身体のあとから石が少し落ちて行った。だが、灌木が折れたことまでは分からなかった。

何ということだ。船から海に落ちるときは石だの灌木だのという随伴物は無い。山からの転落死が海のそれと死因不明の点ではあまり違わないと思っていたのは誤りであった。

だが、宗三は、怯《おび》える心臓を叱った。それだけのことではまだまだ安全だと言い聞かせた。

「その女の人は山を歩いていて、足を踏みすべらせたのかもしれないよ。そうも思われるのに、どうして突き落とされたと考えられたのかな？」

宗三は学生に言ったが、われながらしっかりした声であった。

「ぼくもそれを刑事に訊いたんですが」

と学生は勢いよく答えた。

「ほぼ一年前に、有馬温泉からこの蓬萊峡の入口まで一組の中年男女を乗せたタクシーの運転手がいるんです。運転手はそれを家族に話したことがあったんですね。それを警察が聞きこんで……」

——あの運転手が家族に？

「それを警察で聞きこんだのですが、かんじんの運転手は三か月前に死んでしまってるんです。だから、どういう男が被害者の女をこの山の中に連れこんだかよく分からないんだそうです」

張りつめた心臓が、がたんと音たててゆるんだようだった。

「そんなことで、警察ではその男が女を現場の崖の上から突き落としたとみているんですね。女の死体は白骨化してるけど、年齢はほぼ推定できますから、四十歳前後ということです。だからその運転手が家族に話したことと符合するわけです。運転手が生きていたら、男の人相とか特徴が分かるんだがと刑事は残念がっていました」

「有馬温泉から乗せた客だと、温泉宿をシラミつぶしに当たればいいじゃないか？」

と仲間がその学生に言った。

「もちろん警察はそうしたさ。刑事の話だと、それらしい一組を泊めた旅館も分かったが、なにしろ一年前だからね。中年のアベック客は無数にあるので、どのぶんだかおぼえていないそうだ。モンタージュ写真もできないと言って刑事はこぼしていたよ。……今日、ああして刑事たちが多勢で来ているのは、もう一度、現場を捜索して何か手がかりになるような物を拾いたいからだそうだよ」

「先生、着きましたよ」

先頭の塚田講師が言った。

向こうに登山帽とシャツの学生たちがならんで宗三を歓迎していた。

それからの宗三は発掘のことに心が無かった。塚田講師と、もう一人の正岡講師が示す環状列石の巨石、学生たちが試掘で得た石器や土器、地元大学から持参された前の発見の銅剣など見せられたが、それは単に眼に入れたというだけで学問的な観察には没入できなかった。

これからかかる本格的な発掘のプランも両講師から相談をうけたが、気を入れた指示ができず、二人に任せた。いつもはうるさいことをいう宗三だが、今度はちょっと調子が違うので二人とも妙な顔をした。

早速、学生たちによってシャベルが動いた。順掘りといって、分割された小区域の一つから入念に上部の土をはいでゆく。最初は三十センチの深さまでである。シャベルのほか、手鍬《くわ》、園芸用の手スコップ、左官用のコテ、竹ベラなど出土品の存在が分かるにつれて用具が変わってゆく。腰をかがめたり、しゃがんだり、土の上を這ったりしている学生の一群を見ながら、宗三の思案はべつなところにあった。

美奈子の死体が白骨化したころに発見されたのは希望通りだったが、警察によって殺人と推定されたのは予想を裏切った。彼は専門家の恐ろしさを知った。それは同時に素人のあさはかさの自覚でもあった。こっちに手落ちや隙がいっぱい残っているように急に思えてきた。

美奈子といっしょに乗ったタクシーの初老の運転手が、蓬莱峡の入口で降りた男女づれに興味を持っていたのは案外であった。安全だと思っていた運転手は、意外に好奇心を持った危険な目撃者であった。

しかし、幸いにもその運転手は死亡し、話を聞いた家族だけでは「男」の特徴を語り得ぬという。危険は去っていた。

学生の話だと、警察はそのタクシーの線から有馬温泉の心当たりの旅館をつきとめたというが、それは明月荘にちがいない。だが、そこでも一年前の一組の男女客をはっきり記憶していなかった。幸運はそこにもあった。こうなると、美奈子が自身の手で偽名を宿帳につけたのが大きな安定となっていた。こうして二つめの危険も去っていた。心配することはなさそうだった。

しかし、死体の身もとが知れたかどうかが問題であった。あの学生にはそこまでは訊けなかった。あまりに興味を持ちすぎているようにとられる。そんな事件には全く無関心な塚田講師への遠慮もあった。

美奈子が関西で失踪以来、彼女の亭主は警察に捜索願を出しているから、この白骨死体はそれと照合されるかもしれない。が、顔も分からず、衣類も腐って特徴が知れぬとなれば、亭主にはそれが自分の女房とは正確には判断できまい。ただ、警察が疑わしいと思えば、美奈子の身辺捜査をはじめるだろうが、亭主も周囲も知らぬ男の線がどうして発見でき得ようか。

警察では、まさか十五、六年前にさかのぼって元亭主の長兄までは考えないだろう。たとえ考えたとしても、当時の事情に宗三の存在はなかった。そのときも、今も、彼と美奈子の関係は当人どうし以外知る者はなかった。

だから、初老の運転手が見た「男」は全くべつな人間としか警察は考えまい。捜査はあらぬ方向にすすみ、結局は迷宮入りになるだろう。――

「先生、こういうものが出ました」

塚田講師が持ってきたのは磨製石器五個と、土を払い落とした櫛目文土器の欠片《かけら》だった。

「うむ。櫛目文はこの地方のものだな」

「銅戈《どうか》が出たのですから、北九州から輸入されたか、その影響の強い土器が出てくると思うんですが――」

「可能性はあるね。が、それはもう三十センチくらい下になるだろうな」

相変わらず、心は発掘物からはなれていた。

――ここまではいい。しかし、これからが油断ができないぞと宗三は心を引きしめた。げんに、前に見落とした証拠物を拾うために刑事たちが今日再びここにはいっているではないか。

警察がこの捜査に力を入れていることが分かった。宗三はまたしても自分の気づかぬ手落ちをおそれた。すでに、死体の横に崖上からの転石や灌木の折れ枝が落ちてそれが他殺推定の根拠となったことまでは心づかなかった。思わぬところにどういう品が落ちているかも分からないのである。

宗三は懸命になって記憶をたどった。だが、どう考えても崖上から落ちる美奈子が余分な品を持っているとは思えなかった。

スーツケースはもとより、ハンドバッグもとりあげている。

……突然、宗三は身体の中から突き上げてきた力で痙攣《けいれん》した。

（あら、あなたの上着のボタン、どこに落としたの？）

美奈子のその声が耳に生き返ってきたからだった。

「塚田君、ぼく、ちょっとそのへんで憩《やす》んでくるよ。何だか少し気分が悪い」

宗三は講師を呼んで言った。

「どうぞ、どうぞ。どうもお顔色がよくないと思ってましたよ。大丈夫ですか？」

塚田講師は気づかわしげな眼で宗三の顔を見つめた。

「大丈夫だ。昨夜おそくまで起きてたので少し疲れたのかもしれない。ちょっと休めば快《よ》くなるよ。そのへんをぶらぶらしてくる」

「さっきの農家にもどって横になられたらどうですか。いっしょに参りますが」

心配しなくてもいいと断わって、宗三はひとりで離れた。足を向けたのはあの場所の方向だった。だいたいの見当はついていた。

――あら、あなたの上着のボタン、どこに落としたの、と美奈子が立ちどまって言ったのは、あそこからかなり山のほうに来てからだった。宗三も急に上着の前を見たものである。そこには糸の残りだけがあった。

落としたとすれば、さっきのところしかない。木立ちと藪《やぶ》の中で（最後の）営みをした場所である。宗三の胸に抱かれた美奈子の激しい身体のゆすりでボタンがとれたのであろう。彼女が草の上に横たわったときには上着を脱いでスーツケースの上にかけた。そして、彼女が起き上がったとき、上着に手を通したのだが、気づかなかった。前をとめなかったからである。

そのボタンは前から糸がゆるんで除《と》れかかっていたのだが、前夜、美奈子が宿の女中から糸を借りてかがると言いながら忘れていたものだった。

（引返して拾ってきたら？）

美奈子はそのとき言った。

だが、そこには夏草と藪が茂り、その中にかくれた小さなボタン一個などすぐに見つかるとは思えなかった。捜すのに手間どるのだ。それよりも早く彼女を死の場所に連れて行かなければならなかった。ぐずぐずしているとだれにこっちの姿を見られるか分からない。

洋服はデパートのイージーオーダー品だった。平凡なボタン一つが証拠となるはずもなかった。それに、あの場所とこれから行く死の場所とは距離がある。

(いいよ、先に行こう。少し、みっともないけど、上着を脱いで手に持っていれば分からない)

(そうね。空港に行くまでどこかの洋品店で似たようなボタンを買って、私が付けてあげるわ)

生きて伊丹空港に行けると信じている美奈子は彼に同意した。

今から考えると、あのとき、面倒でも引返してボタンを回収しておかなければならなかった。どのような証拠も残してはならないと思いながらも、ボタン一個ぐらいと考えて横着したのがいけなかった。草の間を捜すのに骨が折れても、またそのために少々時間を喰っても、あれは取り戻しておくべきであった。

いま、刑事たちは大がかりな現場の再捜査に来ている。死体の出た場所だけでなく、被害者と加害者の足跡を求めて、場所的にも捜索の手をひろげるにちがいなかった。刑事たちの職業的な鋭い眼はついにあそこから一個のボタンを発見するかもしれなかった。

そのボタンは、どこにでもあるような、ありふれた品だが、警察がそれを犯人のものと断定すれば、ボタン一個の出所をどこまでも追及するに違いなかった。まず、メーカーから当たり、卸し屋、小売店と枝をひろげてゆく。これまでの事件例でも、ありふれた包紙とか紐とかを追ってついに出所をつきとめ犯人を見出したのが少なくない。まして、あのボタンはデパートの半既製品の洋服についていたものだ。普通の小売屋と違い、卸し屋はすぐに刑事たちにデパートの名を挙げるだろう。そのデパートは彼の妻が帳面で買っている。

宗三に新しく起こったのは、ボタンのほかにも、美奈子の小さな所持品がいっしょに落ちていないかという不安であった。そうなると、ボタンの主と被害者の関係がいっぺんに分かってくる。気づかぬ手落ちが至るところに存在しているような気がしてきた。たとえ、美奈子の品が何も落ちてなくとも、刑事の直感は、男のボタンが落ちていたことから、その草の上で男と被害者の女との間にどういう行為が行なわれたかを推測する。そうした方面の刑事の想像力は豊富なようである。

宗三は、あたりを見回しながら歩いた。この山の中にも、人間ひとりがたどる小径が縦横についていた。彼の配る視線は、記憶にある場所の発見と、刑事たちへの警戒であった。もし、途中で彼らに見つかったら、気分が悪いのでと塚田に言った通りの言訳をするつもりだった。しかし、とにかく、あの場所には刑事たちがたどりつく前に行かねばならなかった。

とうとう宗三はその場所に来た。季節も去年と同じだった。草の伸び具合も、あたりの藪の茂みも変わりなく、容易に記憶の特徴をつかむことができた。

彼は草いきれにむせながら匍《は》い回った。ちょうど発掘用に登山ナイフを腰にさげてきていたので、草を切った。あとで来た刑事たちが怪しむかもしれないが、最近草を切っただけでは意味が分かるまい。それよりもボタンを回収し、もし美奈子の品物が落ちていれば、それを拾いとるほうが絶対に大事であった。

宗三は木の枝を切った。汗を流しながらそれを使って、土を除《の》けはじめた。蟬《せみ》の声の中で、そうした作業が一時間近くつづいた。

ボタンも、美奈子の品もついに無かった。が、その替わりの物が出てきた。——

15

蓬萊峡《ほうらいきょう》山中の発掘が終わって三か月ほど経った。——

宗三の身辺には何ごとも起こらなかった。相変わらず平穏な日々がつづく。

彼はあれから東京に帰ると、さっそく図書館に行き愛媛県を主体にしている地方紙を調べてみた。目的の記事は、美奈子の白骨死体が発見されてから十日後に出ていた。

「松山市の洋品店『伊予屋』西田慶太郎の妻美奈子は去年七月に関西方面に行ったまま行方不明になっていたが、今回、蓬萊峡の山中で発見された白骨死体を警察が夫の慶太郎を呼んで見せたところ、腐敗からわずかに残っていた衣服の断片模様によって彼女の家出当時のものと分かり、遺体は美奈子と決定された。だが、彼女がひとりでそんな場所に行ったとは思えないことと、当時所持していたスーツケースやハンドバッグが紛失していることなどから殺人の線で地元署に捜査本部を設け目下捜査中である」——要約するとそういう報道であった。

スーツケースとハンドバッグの紛失。――宗三はどきりとしたが、東京駅の手荷物一時預に置いて一年以上経っているのだから、とっくに処分されている。いまごろ警察が見つけようとしても発見できるわけはないと思った。

事件関係の記事は、そのあと散発的には出ていたが、捜査の困難を思わせるだけで、宗三に恐怖を与える活字は何もなかった。そして、死体発見から三か月経った今は（正確には、殺人から一年三か月めだが）事件の迷宮入りと捜査の打切りを彼に信じさせるようになった。

宗三は、警察からの接触が全然無いことで、長谷徹一が伊丹空港での目撃について美奈子と彼とを完全に切りはなして考えていることを知った。もし、長谷が少しでも彼と彼女との間に疑惑を持っていたら、彼女が殺されたと分かった現在、亭主を通じてそのことを警察に教えないはずはないからである。

ただ、捜査の線が直接ではないが身近なところまで来たことはある。

二月《ふたつき》ほど前に、亡父の法事で兄弟が集ったとき、長兄の寿夫が妻の居ないところで打明けた。

「おどろくじゃないか、美奈子が去年の夏に殺されたそうだよ。宝塚近くの山の中でさ」

寿夫は先妻が松山の洋品店の主人と再婚していることは、うすうす知っていた。

「それで警察ではまだ犯人が挙がらないのでおれのところに話を聞きに来たよ。二昔前に別れた女房のことなど知るもんかと言ってやったけど、警察もしつこいね。十六年前の離婚の事情などくどくど聞いたりしてさ、どうかしてるよ」

宗三は初めて聞いたように顔におどろきをつくった。寿夫は言った。

「しかし、美奈子が殺されたと聞いて、おれもあの女が可哀想になったよ。あのときは、こっちもはずみであんな結果になったが、無理に別れることもなかったからね」

無理に別れることもなかったら、兄は辛抱すればよかったのだ。そうしたらこっちも殺人をせずに済んだのに、と宗三は思った。

実際、あのときは兄も美奈子をまんざら嫌いではなかった。それを別れるようにさせたのは、兄の傍に付いていたキャバレーの女である。兄はその女とも結婚していない。人生には無駄が多いというが、兄の無駄は弟を一生の危機に晒《さら》すことになった。老《ふ》けた兄は平和な顔つきをして宗三の前で煙草をふかしていた。

しかし、刑事が兄のところまで来たと聞いたとき、宗三は腋《わき》の下に汗が出た。だが、さすがに執拗な警察も十六年前の前夫のところまでは近づいても、その末弟までは届かなかった。美奈子との間は当の寿夫も知らないことだから当然である。よく考えてみると、警察が兄のところで引返したのは、真相を知っていないことを証明したようなもので、かえっていいことであった。これで捜査の眼は二度と前夫の線に戻ってくることはあるまい。宗三は長い、危ない橋をようやく渡り終えたと思った。

事実、美奈子の死体が出て以来三か月経って何ごともないのだから、捜査も終了したと考えてよかった。普通、殺人事件などの捜査本部は四、五十日経ったら迷宮入りのまま解散されるようである。九十日以上経過していれば、もう安全であった。宗三は、もう何一つおびやかされることはないと思うと、生きる価値をしみじみと味わった。台風の海上を渡り切った小舟の船頭のように舳先に腰かけ眼を細めて生涯の危機に勝った喜びと、美奈子の冥福を祈る気持ちであった。

宗三は静かな学究生活に戻ることができた。この感謝を何にむかってささげればいいか分からなかったけれど、とにかく、その喜びは研究の充実を目指した。

蓬萊峡山中の発掘調査報告は、塚田、正岡両講師を助手として書きすすめられた。この祭祀趾からは、発見のクリス型銅剣（銅戈《どうか》）以外に、一個の細型銅剣が発掘されたのは収穫であった。細型銅剣は弥生前期末から中期にかけてのもので、出土はほとんど九州に限られ、それより以東からは出てこない。これは偶然に銅戈の発見された地表より七十センチの深さのところにあって、そこからは弥生中期後半の櫛目文土器がいっしょに見つかった。銅戈のあった地表より三十センチ深さの層に弥生後期の土器が出ることから、この祭祀趾は弥生中期の上に後期のそれが重層的にできているのが分かる。銅剣銅戈でも中広のものは弥生後期とされて中国地方や、近畿地方からも出てくるが、中期の細型銅剣が六甲山塊から発見されたのははじめてであった。

今のところ、ここだけに朝鮮半島・九州圏内の細型銅剣が後期の祭祀趾の下層から出土したことについて、九州との連絡でどう位置づけるかが宗三の課題であった。彼は塚田や正岡と討論を重ね、検討をすすめた。

だが、ときどき宗三の心は、或る物を人に見せたい誘惑にうずいていた。ある物とは一個のガラス釧《くしろ》である。落としたボタン一つを捜しに、あの場所を、木の枝で掘り返したとき、その土の下から見えたものであった。

ガラス釧は当時も宗三がポケットに入れたまま塚田にも正岡にも見せなかった。品は素晴らしいものだった。しかし、発見場所が悪かった。

釧は、腕輪の一種で、巻貝や芋貝を横に切った形が原型となっている。貝釧、石釧（碧玉製）、銅釧、鈴釧など材料によって名が付いているが、宗三が発見したガラス釧は、古代中国から渡ってきた弥生中期のものである。惜しいことに二つに割れていた。銅釧などは近畿、九州その他からたくさん出てくるが、ガラス釧は、現在のところ丹後国中郡三重村発見のものと、筑前国遠賀郡須玖出土のものと二つの発見例があるだけだった。宗三が昂奮したのは当然であった。

思うに、あの場所は土壙《どこう》（石棺や石槨《かく》のない土の墓地）があったのかもしれぬ。その上に堆積した土が一昨年《おととし》の台風による出水で押し流され、その上に草が生えたものと考えられた。そうでなければ、ボタンを捜すために木の枝で土の表面を剥ぐぐらいでは、ガラス釧が出てくるはずもなかった。

いずれにしても、これは考古学上最大の発見であった。このような幸運が将来二度とあるとは思えなかった。宗三は心がわくわくした。

美奈子と抱擁し合った場所から釧が出てきたのは象徴的であった。古代の女性がこの腕輪を愛用していたことは、万葉集に「吾妹子《わぎもこ》は久志呂《くしろ》にあらなむ左手の 吾がおくの手に纏《ま》きていなましを」とあるのでも分かる。歌のは銅釧のことらしいが、こっちのはガラス釧である。

土の中から銀化した鈍い色のガラス輪が出たとき、宗三は初めそれを美奈子の落としたアクセサリーの欠片《かけら》かと思ったくらいだった。まことにこのガラス釧は美奈子の霊が手に纏いたものを与えてくれたとさえ思った。殺しはしたが、あの女はどこまでも彼を愛していたのである。——

ただ、無念なことに、宗三はこのガラス釧について公然と発表ができないのだった。発見した場所がいかにも不都合である。美奈子の殺人現場に近いという怯《ひ》け目から、発見時もこれを塚田や正岡に見せてなかった。いまごろになって発表するのは、彼らからこっちのその気持ちを疑われそうであった。当然にあのとき、この大発見を作業団に見せて、その場所に発掘に向かわなければならなかったのだ。場所の忌まわしさと、皆に教えなかった疚《やま》しさとが重なっていた。

それから、もう一つ。もし、発見場所を発表すると、あらためて大がかりな発掘が行なわれるに違いなかった。そのとき、見つけ得なかった自分の上着のボタンが出てきたらどうするか。今年着ていった洋服は去年のものと違うので、この七月に行ったときに落としたとは言えないのである。

その上、去年の洋服は宗三の留守に、女房が近くの店では揃いのボタンが無いといってわざわざデパートに付けさせに行っている。警察がそのデパートを調べるとすぐにその事実が分かることであった。

本格的な発掘をしても、あの場所からボタンが出てこないかもしれない。また、美奈子が身につけていたものも無いかもしれない。しかし、犯罪者の心理として、宗三はあらゆる可能性を考慮しなければならなかった。万一という偶然の危険性をたえず警戒の中に入れておかねばならなかった。

が、困ったことにその反面、彼には学徒としての心理が旺盛に働いていた。自分だけでしまっておきたいが、だれかにちらりと見せてやりたいという欲望である。それは自慢でもあり、優越意識でもあった。学徒の心理でもあるが、蒐集家《しゅうしゅうか》の誘惑でもあった。

美奈子の死体が出てから四か月も経ったころだったが、依然として何ごともないのは、捜査が中止されたに相違ないと考えて落ちついていたのであった。すると、一方の誘惑がさかんとなり、その衝動に勝てなくなった。とうとう彼は、自分のよく知っている他大学の考古学の教授に、その品を、ほんのちょっと見せた。

「これはたいへんなものが手にはいったね」

山口というその教授は眼をむいた。教授は彼にもう少しよく見せてくれと頼み、掌にのせ凝視したものである。

「どこで発掘したのかね?」

「いや、発掘じゃない」

宗三は答えを用意していた。

「ある古道具屋が持っていたんだ」

「古道具屋が？」

「売りに来たフリの客から買ったらしいんだな。こんなきたならしいガラスの輪だから売るほうも買うほうも値打ちが分からなかったんだね。古道具屋が見てくれというから見てやったんだが、ついでに安い値段で売ってくれたよ」

「その古道具屋に売りに来た人は、これをどこで手に入れたのだろう？」

山口教授は唾を呑んだ。

「さ、それが分かるといいんだけど、売りに来た人は何も言わないし、古道具屋も訊《たず》ねていない。のみならず、こんなものと思ったから古道具屋は売り手の住所姓名を記帳してもらわなかったそうだ。ただ、農村の人らしい四十前後の男とは言っていたがね」

準備した通りに説明した。

「じゃ、近県の人だろうか？」

山口の眼は好奇心と羨望《せんぼう》で光っていた。

「さあ、それだけでも分かるといいんだが」

「君、これについて何か書くかね？」

「いや、今のところそのつもりはない。だって、発見場所が不明では、何といっても不備だからね。極端なことをいうと、中国に行った人が向こうの骨董屋から買ってきた品かもしれないしね、少なくともそういう学界の非難は受けそうだよ」

「惜しいね、全く、惜しいね」

山口はつづいて溜息を吐いた。

それから一年経った。つまり、宗三が美奈子を殺してから二年めである。その間、宗三は予定通り教授に昇進した。

その夏、摂津岩倉山山麓一帯にわたって地元のP大学の考古学班による大がかりな発掘調査が行なわれた。これは前年に東京のZ大学の発掘成功に刺激されたからであった。そして地元の大学はそれ以上の成功をおさめた。そこでは弥生中期から後期初頭の集落趾が数個所発見されたが、そのなかで、Z大学が掘った場所より一キロあまり西北に寄った地点からの出土品は異彩だった。多紐細文鏡《たちゆうさいもんきよう》二面とガラス釧一個とが見つかったのである。むろん、それにともなって同時代の土器、石器も多く出た。

多紐細文鏡は、これまでのところ日本では四面しか得られていないので、この発見はたいへん貴重であった。他の出土例のように期待された銅鐸や銅剣は出なかったが、これは近くで東京の大学が前年に細型銅戈一個（ほかに偶然発見のもの一個）を発見しているので、この蓬莱峡の山中が弥生中期ごろの祭祀趾であることが推定できた。

しかし、鏡にまして収穫だったのはガラス釧がそこから出たことだった。ガラス釧は多紐細文鏡よりも発見例がはるかに稀少《きしよう》なので、発掘調査班をたいそう喜ばせた。

その調査結果が中間報告的に大略発表されたのは、翌年の春であった。むろん学界の注目を集めた。すなわち美奈子が殺されてから二年半後ということになる。

それからさらに半年後、ある総合雑誌の随筆欄に東京のG大学の山口教授が短文を載せた。その要旨は次のようなことだった。

「去年の夏、大阪のP大学考古学教室によって発掘された岩倉山山麓の弥生中期遺跡は大きな成果をあげたが、とくにその中でガラス釧一個の発見はわれわれを昂奮させた。（ここで、ガラス釧の平明な説明が述べられたのち）さて、私の興味というのは、この出土品と全く同じガラス釧を一昨年の十月ごろZ大学の江村宗三教授から見せられたことである。同教授はその所蔵にかかるガラス釧を古道具屋から得られたそうだが、古道具屋にそれを売った人は初めての客で、氏名も住所も分からないそうである。したがって、そのガラス釧の出土地が不明なために江村教授がそれについての発表をさしひかえられておられたのは、教授にとっても、われわれにとってもまことに残念なことだった。

今回のP大学の発掘調査の中間報告をよんで感じたのだが、江村教授が得られたガラス釧も、あるいは岩倉山山麓のものではなかろうか。あのへんは蓬莱峡という花崗岩の侵蝕による奇景が名所となっている。ある日、その峡中にはいった一人の男がふとしたことから土の上に出ているガラス釧を拾い、実体を知らずに、直接にか、あるいは人の手を経てかして東京の古道具屋に持込まれたのではなかろうか。今回発掘されたガラス釧とそれとがあまりに様式が同一だからである。

この憶測が当たっているとすれば、私は江村教授の幸運を羨望すると同時に、その入手経路の不明な点において同教授の不運に同情するものである」

総合雑誌の読者層はひろい。関西地方の、或る県警の警部補がこの山口教授のエッセイを眼にしたとしてもふしぎではなかった。その警部補は橋本という名だったが、二年前に蓬萊峡の山中から出てきた女の他殺白骨死体の捜査本部に応援に行っていたのだった。

橋本警部補は考古学には全く興味がなかったが、死体発見の現場に近いところから地元のP大学の発掘以前に同じガラス釧なるものが東京の古道具屋から売られていることに注目した。あの殺人事件はついに迷宮入りとなり、いまだに捜査員だった彼の気持ちの中にひっかかっていたのである。

この随筆に出てくる江村教授という名も橋本警部補の記憶があった。もっとも、その同じ姓の人は大学教授ではなく、静岡の和菓子屋の店主であった。

橋本警部補は、やはり二年前に捜査本部に働いていた部下を呼んだ。

「君、江村という男をあの事件の参考人として話を聞きに行ったことがあるね？」

「あります。江村寿夫といいました。殺された女の前の亭主でして、十八年前に別れたのです。それも当時江村にほかの女ができて、妻の美奈子のほうから出て行ったんです。その後、彼女は松山の西田慶太郎と再婚したわけです。江村寿夫はこの事件とは全く関係がないことが分かりましたが……」

「江村という姓はそう多くないと思うが、江村宗三という東京のZ大学の教授は、その江村寿夫の親戚に当たるのじゃないだろうか。念のために、寿夫にも宗三教授にも言わないで調べてくれないか」

「東京の大学の先生ですか。ああ、被害者のスーツケースとハンドバッグとが東京駅の手荷物一時預から出てきているので、事件は東京と縁があるというわけですね？」

「まあ、そうだ」

――解散前の捜査本部は、宗三が想像していた以上に、この事件のデータを揃えていた。

16

解散前の捜査本部では、被害者美奈子の夫慶太郎の証言で、彼女が旅行に出かけるときに持っていたスーツケースとハンドバッグがなくなっていることから、二つの品の特徴や、その内容品をリストにして、全国の県警を通じ質屋や主要駅の手荷物一時預所に品触れしていた。駅には犯人が被害者の所持品を持てあましてよく預け放しにする。その反応が東京駅からあった。死体発見による捜査が開始されて一か月めのことだから、被害者が殺されて一年経った時点だった。

駅の手荷物一時預の期間は十五日間までとなっていて、これを過ぎると、「荷主不在の荷物」として「公報」に載せる。預け主が現われない場合は、駅長の責任で半年間預かっておく。

その後の品物は所有権は国鉄に移り競売となる。電車の網棚などに忘れられた遺失物といっしょになるので、スーツケースなどは膨大な量になる。

競売は、国鉄が指定した古物商に限られ、一回の入札で全国から二十人近くが集まる。いったん古物商の手にわたってしまえば、スーツケース一つを追跡することは不可能だった。したがって、捜査本部が品触れした手荷物は預け日から一年以上経っているので、本来なら分かりようはなかった。

だが、東京駅には「荷主不在の荷物」として処理したときの「公報」が残っていた。これが捜査本部の品触れと一致したのだった。

スーツケースの型、色、大きさ、ハンドバッグの模様、それぞれの内容品が被害者の夫慶太郎の申し立てる特徴と合致した。これらの品に所有者の身元を証明する手がかりはなかったが、それだけで十分だった。

そのハンドバッグは美奈子が殺されたと推定できる一年前の七月、一人の男によって東京駅の一時預所に置かれたことは、同所の受付控え簿を調べて分かった。

一時預所では、預け主に住所氏名を書かせるが、それには「仙台市青葉町××番地田村潔」となっていた。念のために仙台署に問合わさせたが、やはり偽名だった。しかも、筆跡をかくすために、左手で書いた下手な文字だった。

その控え簿からは指紋はとれなかったが、本部では犯人が蓬莱峡の犯行を終えて東京に戻り、被害者の荷物をここに預けたものとみた。そこで犯人は東京在住者か、東京に縁故のある者という推定を得られた。

ただ、残念なことに東京駅の一時預所では、一年前にその手荷物を預けに来た男の顔も年ごろも背恰好も覚えていなかった。無理もないことで、同所はいつも混雑していて係員は多忙である。

当時、捜査本部ではここまで追跡していた。だが、それ以上には進展しなかったのだった。

本部では犯人について、「流し」説と「情人」説とがあった。

「流し」のほうは、女ひとりが山の中を歩いているところを襲ったというのだが、むろん、これは多くの弱点があって否定され、「情人」説が決定的となった。被害者と同伴だった男を、タクシーの運転手が有馬温泉の旅館から現場の蓬莱峡の入口まで運んでいるのが何よりの決め手である。その運転手が病死しているのは本部にとって痛かった。

左手で書いた筆跡一つだけではどうにもならない。こうして、捜査本部は五十日くらいで解散し、事件は迷宮入りしてしまい、さらに一年経ったのである。

――しかし、今、橋本警部補のもとに、部下からの報告があった。被害者の前夫江村寿夫の戸籍から、Z大学の教授江村宗三はその末弟であるというのである。

そうなると、美奈子と宗三の間は非常に接近してくる。が、それをもって直ちに美奈子と宗三とを事件的に結びつけることはできなかった。美奈子が寿夫と別れたのは十八年前のことだし、離婚の原因もはっきりしている。調査でも、そこには末弟宗三の影は存在していなかった。

だが、警部補の興味は執拗《しつよう》であった。彼は山口教授の随筆で、ガラス釧《くしろ》が地元大学の発掘以前に宗三の手にはいっていたこと、しかし宗三はそれを山口教授以外にはだれにも、塚田、正岡両講師にすら見せていないことが分かった。これは二年前に宗三が同じ蓬萊峡の発掘をしたときに同行した塚田講師をそっと調べて分かったことだった。

「その発掘のとき、江村教授には何か変わった様子はありませんでしたか?」

東京に出張した警部補はこっそり塚田に会って訊いた。

「そういえば、江村教授は現場の発掘にはわれわれより四、五日遅れてこられましたね。何だか用事があるといって。そして、現場にこられたときも、顔色が悪くて、疲れたから気分直しにそのへんを歩いてくるといって一時間ばかり見えませんでした。そう、そう、ちょうど、警察のほうで二度めの現場捜査があったときでした」

塚田は答えた。

「江村教授は、そのとき、前からその殺人事件があったのを知っていたふうでしたか?」

「いいえ、はじめて聞かれたようでした。いっしょにいた学生が面白半分にいろいろ話していましたからね」

「江村教授の顔色が悪くなったのは、そのときですか?」

後です」

「さあ、よく分かりませんが、気分が悪いから歩いてくるといったのは、たしかにその
宗三が、いつもと違って発掘現場に行くのを遅らせたのも、蓬莱峡に忌まわしい記憶があっての躊躇ではなかったか。学生から事件の話を聞いて初めてそれを知ったようだったと塚田は言うけれど、実は思いがけなく刑事たちが多勢ではいりこんでいるのをみて、不安のために蒼くなったのではなかろうか。

塚田に山口教授の随筆のことを言うと、

「あれはヘンですね、ぼくらといっしょに江村教授が現場の発掘に行ったときにガラス釧を見つけられたのだったら、必ずそれを言われるはずですがね。また、その前でも後でも古道具屋からああいうものが手にはいっていたら、それを見せられるはずです。あれを山口先生以外に見せなかったのは、どうも分かりません。また、日本には発見例のきわめて少ない遺物ですから、たとえ出所が不明でも、それについて専門雑誌に報告されるのが本当ですがね」

と塚田も首を傾《かし》げていた。

ここで警部補は、そのガラス釧は今から三年前に宗三が美奈子といっしょに蓬莱峡中にはいったとき、偶然に発見したのではなかろうか、そのために発見地が公言できないのではないか、という仮説を持った。

警部補は、しかし、それだけでは宗三のところに向かわなかった。否定されればそれ

までだし、古道具屋の名前も忘れたと答えられると終わりだからだった。

この上は、美奈子と宗三との関係を探り出さねばならなかった。しかも、宗三が美奈子を殺すほどの深い関係をである。

慶太郎に改めて訊くと、美奈子は三年間、三か月に一度、商用で東京に行き、四泊くらいで帰っていたということだった。いつも泊る旅館は東京駅近くのホテルだといった。

美奈子が宗三と交渉を持っていたとすれば、この彼女の出京のときでしかない。警部補は、部下をそのホテルに当たらせた。

「美奈子は殺される前まで三年間、三か月に一度は東京に出てきてホテルに泊っています。ところが最後の一年間の出京時には、毎晩のように帰りが遅く、いつも十一時ごろになっていたそうです。それまでは夕方の五時ごろに旅館に戻っていたんですが……」

部下は警部補に旅館の電話で報告してきた。

その遅い帰りが美奈子と宗三との密会だろうと橋本警部補は思った。三年間の彼女の上京中、最後の一年間がそれに当てられたのだ。

では、その結びつきのはじまりは何だろう。宗三にとっては美奈子はかつての嫂であり、彼女にとって彼は義弟であった。その当時、二人の間にだれも知らぬ恋愛関係があったが、彼女が松山から商用で上京している三年めのはじめに偶然東京のどこかで邂逅《かいこう》し、焼棒杭《やけぼっくい》に火がついたのかもしれない。

それだと寿夫に訊くのも妙なことになる。これはあと回しにして、もっと固めた上でのことにしようと警部補は決めた。

美奈子は東京のホテルに遅く戻るのを、夫の慶太郎にはどのように言訳していたのだろうか。警部補は松山の慶太郎を電話で呼び出した。

慶太郎の返事では、美奈子に男がいたなどと信じられない、とすこぶる意外そうな声だった。警部補は気の毒になったが、では、奥さんが商用で上京されるときは、どういうところを回られるのかと訊いた。慶太郎は同業者やデパートなど数軒の名をあげた。その中に日本橋の旧い洋品店があった。店主は長谷平太郎といい、その息子で新聞記者をしている徹一とも自分は懇意にしている、むろん美奈子もよく知っていた、と言った。

橋本警部補の部下は気の毒な亭主が言ったデパートや洋品店関係を一軒ずつ歩いた。そのようにして、日本橋の旧い洋品店に行きついたとき、はじめて思うような手がかりを得た。

「伊予屋の奥さんは気の毒なことでしたね。東京に出てこられるときは、よく私の店にもお寄りになったし、わたしも旅好きなものですから、四国に行ったときは伊予屋さんには必ずお寄りしたものです。ちょうど、倅《せがれ》の徹一が、奥さんがああいうことになる前に、ひょっこり大阪空港の待合室でお会いしたんだそうですよ。日付からいって奥さんがああいうことになる直前らしいですな」

老人の店主が言ったことを部下は報告した。

警部補は急いで有楽町に行き、新聞社に長谷徹一を訪ねた。

「親父にはぼくがそう言ったのですが、たしかに伊丹空港で伊予屋の奥さんに会いました。殺されたのが関西旅行中だったというから、あれが殺される前日か、前々日だったんじゃないですかね、日付からいってそう思います」

長谷徹一は狭い応接間で言った。

「空港だというと、美奈子さんは飛行機でも乗るつもりだったのですかね？」

「ぼくも松山行でも待っているのかと思っていました。偶然に顔を合わせたんですからね。……そうそう、ぼくの友人に大学教授がいますが、そいつと話しているうちに奥さんの顔がひょっこり見えたんです」

「大学教授ですって？」

警部補は眼を見張った。

「何という方です？」

「学校時代の同級生で、Z大学の江村宗三という奴です」

警部補が口の中でうめいたので、長谷が変な顔をした。

「おや、警部補さんは江村をご存知ですか」

「いや、知りません」

「近ごろ、ちょっと有名になってきたようです。その二日前にも新幹線の『ひかり』のビュッフェで、大阪の学会に出席するという江村に遇っていますから、二度めですな。で、ぼくは現われた奥さんと挨拶をかねて雑談になったのですが……」

「ちょっと。美奈子さんと江村教授とは同伴《つれ》ではなかったのですか？」

「いいえ。べつべつですよ。だって、両人の間には何の関係もないし、二人とも互いが知らない様子でしたからね」

「あなたは、紹介しましたか？」

「いいえ。その必要はないし、第一、ぼくが奥さんと話しているうちに、江村君はいつの間にやら待合室から見えなくなりましたからね」

「残った美奈子さんのほうは、どれぐらいあなたと話しましたか？」

「時間ですか。そうですね、二分ぐらいだったかな、奥さんは失礼と言って待合室の人ごみの中に消えました。ぼくもちょうど東京行のアナウンスがはじまったものですからゲートのほうに行きましたが、それで、てっきり美奈子さんは午前中の松山行の便に乗ったと思ってたんです」

　橋本警部補は県警に電話を入れて、三年前の七月、長谷徹一が新幹線で宗三と偶然に遇った日と、再度伊丹空港で遇った日との間に大阪で学会が開かれていたかどうか、開かれたとしても宗三の出席があったかどうかの問合せを依頼した。返事はすぐにあって、その期間、大阪では該当の学会がなかったことを知らせてきた。

　これで美奈子を殺したのは十中八、九まで宗三に違いないという確信を警部補は持った。しかし、それでもすぐに警部補は宗三のもとに赴《おもむ》いたわけではなかった。

犯行日をふくめて五日間の宗三のアリバイはおそらく成立しないであろう。彼を問いつめても、実は学会はなかったが、関西のどこかを旅行していたと言い張ると思われる。むろんその確証はない。だからといって、すぐにそれが美奈子殺しに結びつくかどうか。難儀なのは美奈子が殺害された日が決定的でないことである。彼女が松山を出発して行方不明になった期間と、宗三の関西旅行の期間とが一致してはいても、彼女の死亡日が決定してない以上、その日の彼のアリバイと結びつけることができなかった。一年後に発見された白骨死体では、殺害日時まで判定するのは不可能である。

宗三に面会して訊問することはやさしいが、警部補のほうに決め手を欠いていた。宗三が美奈子を殺す動機も、二人の関係も警部補には何も分かってないからである。しかも、相手は大学教授だった。慎重を期さねばならなかった。

この事件では物的証拠は何一つない。現われている情況証拠としては、宗三の嘘の学会出張期間と美奈子の失踪期間とが一致していること、両人がいっしょにいるところを偶然に見た知人があるというだけだった。それに後者については、目撃者が「両人の間に関係があるとは思ってなかった」というぐらいだから、当人の宗三が美奈子の居ることには気がつかなかったと否定すれば、それきりになりそうである。

もちろん、それは宗三の分かり切った嘘だ。長谷の前で知らぬふりをしていたのは、二人が同伴だったからである。

長谷徹一も言うように、その空港での出遇いのあとで、美奈子は宗三に殺されたと思われる。順序としては、空港からタクシーで有馬温泉に行き、一泊して、タクシーで蓬莱峡の入口で降りたということになる。

ここまでは推定がついていながら、肝心の宗三と美奈子の深い関係がどのようにしてできたかが警部補に読めなかった。十五、六年前の義姉弟がいかなる機会と動機でそうなったか、この推定がつかない限り、宗三を追及するのに迫力がなかった。わずかな情況証拠しかない弱さである。

宗三を犯人とするには、確定の輪が欠けていた。警部補は「失われた欠片《ミッシング・リング》」を捜し求めた。

それは意外なところから発見された。警部補が、両人の松山と東京のそれぞれの出発日から有馬温泉泊りまでの日数を考えて、他の地方の旅行、四国からだと山陽地方の旅行が挟《はさ》まっていると推測して、広島県、岡山県の旅館や交通業者関係に流した二人の写真から手がかりが得られた。

尾道のタクシー会社の若い運転手は、刑事が示した両人の写真を見て証言したのだった。

「この二人は三年前の七月半ばごろに、尾道駅から千光寺山の内海荘までぼくのタクシーで運びましたよ。さあ、内海荘に訊かれても、そりゃ分からないでしょうな。もう三年も前のことだし、あの旅館は忙しいから、たった一晩泊った客の顔などおぼえていないでしょう。

どうして、ぼくがよくおぼえているかというんですか？　そりゃ、あなた、この男の顔は、その二週間前に東京で車に乗せて印象があったからですよ。ちょうどその二か月ほど前に、東京ではタクシーの運転手が足りなくて、ぼくは勧誘に応じて尾道から出稼ぎに行ったものです。何しろ東京の地理がよく分からないものですから、池袋から乗せたこの客に道順が違うといって文句を言われましてね、最初のうちは、おとなしく聞いていたんですが、あまりうるさく指図するもんで、口喧嘩になりました。それで、バックミラーに映る客の顔を睨んでいたのですからよくおぼえています。この写真の男の顔に間違いありません。……東京はやっぱりぼくには向かないので尾道に舞い戻って働いているうち、さっきも言ったように、この男が駅からぼくのタクシーに乗って、この写真の女といっしょに内海荘に行ったんです。あまりの偶然の出遇いにぼくはびっくりしましたが、なに、先方はぼくのことなどおぼえていません。まさか東京のタクシーの運転手が尾道で働いていようとは思いませんし、それに、客は運転手の顔なんか見ちゃいませんからね。そうそう、池袋でこの男を乗せたときも、この写真の女が前のタクシーに乗るのを外に立って見送っていましたよ。あのへんの奥は連込み旅館が多いですから、その一軒から出てきたに違いありません。あの近くの旅館をお調べになったら、きっと常連に違いないから女中も顔をおぼえていると思いますよ」

死んだ馬

1

和風建築の設計で、池野典也《いけのてんや》は日本でも指折りのひとりにはいるだろう。その第一に挙げる人もある。この道が古いだけに、有名な点では他にヒケをとらない。

実際、池野典也がこれまで設計した日本建築は、住居といわず料亭といわず会館といわずすべて「名品」となって残っている。現代和風名建築集といったものが編まれたら、彼の作品は、その三分の一まではゆかないにしても、四分の一くらいはスペースを得るだろう。なかには、すでに「古典」化しているものもある。それだけ彼の履歴は長い。

池野典也の作風を一口にいうと、和風建築に近代感覚を与えたことである。当然それが合理的設計となっている。たとえば、これまでの日本建築の間取りにはいかにも無駄が多かったが、彼はそれを切り詰めた。日本建築における特徴的な余裕の存在は決して非難すべきことではない。ゆったりとした住居は人間にくつろぎを与え、余韻《よいん》を味わわせる。無駄と見える室内のひろい空間は、実は水墨画における空白の効果と同じ美的な価値を持っている。上代の寺院建築の様式が貴族の住居に影響し、民家に移ってきた過程を思えば、日本の自然環境と共にそれが容易に理解できる——。しかし、現代では建築の素地となる敷地が限られている。地価の高騰は土地の入手を困難にさせ、建築家は、限定された狭隘《きょうあい》な地面にその設計を構築せねばならなくなった。いきおい、間取りの空間を切りつめるという合理性が行なわれるようになった。

もっとも、これを他の面からみると、欧米の生活様式が流れこんできて、とくにアメリカの徹底した合理主義——空間から一切のムダを排除するし、一平方メートルの空間もこれを現実的な生活に利用するという考え——が歓迎された風潮も見のがせない。日本人の生活も畳に坐《すわ》る風習から椅子にかける習慣に移ってきているのである。これまでの設計の狙《ねら》いが自然の空間を生かしたのに対し、空間を「造形」する設計に変わってきた。とくに、洋風住宅建築では顕著となっている。

しかし、日本人には和風様式が捨てきれない。年配の人々にその傾向が強い。アメリカ式建築に反発をおぼえる層も少なくない。また、旅館とか料亭とか、伝統的な芸術を主体とする会館とかにはぜひとも日本建築でなければならない。和風建築もまたせまい空間の処理——造形に迫られた。

池野典也が考え出したのは、狭隘なスペースに伝統の粋《すい》を集め、これを適宜に配置することだった。それと色彩配列に工夫を凝《こ》らした。また省略を利かして空間を造り出し、余韻を与えるようにした。たとえば中世の寺院から発達した書院造りは、広い床の間で荘重と威厳を出しているが、池野はその平面を縮め、段も低くするか、とり払うかして、すっきりとしたものにし、それでいて他の配置によって雰囲気を出した。つまり省略が、伝統を生かした近代感覚でなされたのである。平安朝から江戸期までの建築や工芸が部分的に意匠《いしょうか》化され、色彩もたとえば正倉院《しょうそういん》御物の古代裂《ぎれ》のものが撰択されるといった配慮になった。こうした伝統の凝集が、小さくなった室内空間を和様の粋で充《み》たした。施主の好みによっては平安期の貴族の邸宅だった寝殿造りが模されるというふうになり、また桂《かつら》離宮の長所がとり入れられるというふうにもなる。民芸好みの注文主のためには江戸や地方の民家の特色が出される。また、土地がないために庭園ができないところは、室内に竹を植えたり、座敷の真ン中の畳を除いて石組みし、枯山水《かれさんすい》をつくったりした。

したがって池野典也の作品は金持ちの邸宅とか別荘とか、一流の料亭、旅館などに多く残っている。そこに足を入れる者は、まるで日本建築史のデザインを見るような思いがするに違いない。実際、池野は、日本建築の近代的な再構築を遂《と》げた第一人者といってよく、その意味で彼は多くの人々に「日本美の再発見」を与えた一人であった。しかし、その一方では彼は金持ちだけを相手にしてきたという批判があった。これは日本建築が邸宅とか料亭・旅館など主として個人を注文主にしているところからくる誤解で、その点、体育館とか官公庁とか会館とか会社とか公共の建物とは違うのである。規模も洋式建築の設計とくらべると問題にならないくらいに小さい。ビル建設などの一流建築家の場合、その事務所に多いところでは二百名近い所員を擁《よう》し、一級建築士も百名近く含まれているのに対し、池野設計事務所では一級建築士が十二、三人いる程度だった。それも池野が弟子として育てた者がほとんどであった。

金持ちの施主ばかりを相手にし、しかも事務所が小規模で経費が少ないとなれば、だれしも池野典也の財産つくりを想像する。建築家としての彼の閲歴《えつれき》は長く、しかも名声も永年に亘《わた》っているので、莫大な蓄財と評価されるのも無理はなかった。

芸術家がその芸術よりも財産を問題にされるようになるのは、ある意味ですでに過去の人間になりつつあるということでもある。

池野典也は六十をとうに越していた。年齢にも限界があるように、あらゆるものの生命はいつかは尽きる運命にある。どのような天才芸術家もこの法則から脱《のが》れることはむつかしい。池野典也の建築デザインが古い感覚だと批判されはじめたのも致し方ないところだった。若い芸術家は絶えず進んでくるのだ。

だが、新進の和風建築家たちも池野典也の創造した意匠を土台にし、それを発展せしめたのである。その点、池野はまぎれもなく先達《せんだつ》の一人であった。後進は彼の作風を破壊し創造を行なうが、その基盤となるのは彼の作品群であった。事実、そこには今でも評価される卓抜な着想があった。

池野典也の作風が古くなったと言われても彼の名声は決して墜《お》ちなかった。日本建築を好む者はだいたい保守的な趣味の人が多いので池野を尊敬していた。とかく奇を狙う新しい設計家よりも、池野に依頼したほうが安心なのである。間違ってもやり損《そこな》いということがない。

それに池野もよく努力して時代の波に遅れないようにした。彼は京都、奈良の古社寺や田舎の民家を見て回ると同様に、有名な西洋建築家の手になる作品を参観して回った。個性の違う二つの建築様式ではあるが、和風は洋風の機能主義への接近に、洋風は和風のもつ伝統性への接近にというふうに、融合点も少なくないのである。建築の実用性はすべて美的な統制の下に置かれなくてはならない。

池野は新しい西洋建築がずいぶんと参考になったが、その融合点を消化する上で感覚が古すぎた。どうにも処理の工夫がつかないときが多いのである。

そんな際、事務所に働いている秋岡辰夫《あきおかたつお》のデザインを見ていると自分のズレがわかるような気がした。秋岡はまだ二十三歳で、二級建築士である。十七のとき池野の弟子になったが、今でも所員とはいうが一級建築士たちの補助みたいな仕事をしている。しかし、秋岡の着想には才能の閃《ひらめ》きがあった。池野ですら暗示《ヒント》をうけることがある。ほかの所員は平凡な建築士で、池野の下敷を忠実にうつしているに過ぎない。秋岡は独創的なものを持っている。いまは先輩の所員に頭を抑えられてその才能の展開が自由にできないでいるが、将来、池野設計事務所を嗣《つ》ぐものとしては秋岡以外にないように思われる。池野には息子が二人いたが、両人とも会社員となってべつに家庭を持ち、建築設計には何の興味も持っていなかった。これまでも一級建築士の所員で独立のため退所した者はいたが、あまり成功したものはなかった。要するに彼らは建築設計屋ではあっても建築家ではなかったのである。池野設計事務所の所員という肩書で世間からある程度の評価は受けるけれど、ここを出て行って裸になれば実力はガタ落ちだった。部分的には何とかこなせても全体の把握ができていないから平凡なものしかつくり得ない。そこへゆくと秋岡は十分に一本立ちができるのみならず、その才能をますます冴《さ》えさせてゆく素質をもっていた。秋岡だけは池野も手放したくなかった。

幸か不幸か日本建築の設計事務所で働く者には、ビルやマンションの設計を請負う西洋建築設計事務所の所員のようにはアルバイトが多くなかった。池野のような一流設計事務所は多忙なので、ほとんどアルバイトができないのが実情で、ときたま友人や知人の家を設計する程度である。西洋建築事務所の大きなところになると、設計部、構造部、設備部、仕様積算部、経理部、総務部などの組織に分かれ、一級建築士が百人近く居ればば各自のアルバイトも可能である。それと下請業者との関係のウマ味もある。工事費が尨大《ぼうだい》だから設計料金がその五分としても事務所の水あげは大きい。

だが、日本建築でははるかに規模も小さく、設計事務所の収入は比較にならぬくらい少ない。池野設計事務所の年間水あげは約五千万円で、これから維持費や所員の給料支払いをさしひくと所長の収入は一千万円くらいとなる。月収にして八十数万円だから世間が想像するほどのことはないが、それでも池野の閲歴が長いし、よそ目には派手な仕事に見えるから相当な財産を持っているように思われる。

池野は、所員の給料として腕の立つ古参の一級建築士には月給十二、三万円、秋岡には三万円を支給していた。これが標準ということになっていた。

そのころ、池野典也は再婚した。六十三歳だった。

2

石上三沙子《みさこ》は銀座裏のビルの三階にあるバーのマダムだった。もと、名前の通っている大きなバーのホステスだったのが、五年前に独立してそこに小さな店を持った。小さくとも店を持つからには援助者があったのは確かである。しかし、その正体はいまだに分からない。彼女は貯金と借金で開いたというがまともに信用する者はいなかった。というのは、石上三沙子はホステス時代から同時に三、四人の客を手玉にとって金を巻きあげていたという噂《うわさ》があったからである。同輩の悪口としても、まんざら根も葉もないことではなく、当時の客で思い当たる者も少なくないはずである。だから開店資金を出したパトロンがよく分からないというのは、それが複数だからという想像もつかぬではない。

三沙子は背の高い、大柄な女で、店を持ったときが二十八歳であった。いわゆる古典的な美人ではないが、官能的な容貌で、濡《ぬ》れたような瞳《め》と厚味のある大きな唇に色気があった。

昔メリー・ピックフォードというアメリカの映画女優が居てね、と年配の客は三沙子を見て言い、君はその女優にどこか似ているよ、と言った。三沙子はメリー・ピックフォードは知らなかったが、大正末期から昭和初期にかけて、たいへんに人気のあった女優だと聞かされると、悪い気はしなかった。彼女も自分が美人だと思っていなかったが、魅力には自信があった。胸は申し分なくふくらみ、弾力を持っていた。髪の毛は困るくらいに多かった。

池野典也が三沙子の店に初めて行ったのは開店後三年めであった。池野に設計を頼んでいる料亭の主人が連れて行った。この人は三沙子が前の店にホステスでいるときからの客だったが、三沙子と何の因縁もないことはたしかで、彼にはべつに、彼女とは全く反対の型の女がいた。

こちらは有名な建築家の先生だ、と料亭の主人は三沙子に池野の名前を言って紹介したが、彼女はまるで知らなかった。しかし、その高名はとっくに承知しているような顔つきで大げさな愕《おどろ》きを見せた。

君はメリー・ピックフォードにどこか似ているね、と池野典也はグラスを握って三沙子に言った。彼女は前歯の欠けた、白髪の長い、角張った顔の老人客を心ではいささか軽蔑して観察したが、不覚にも彼がそれほどの金持ちとは考えつかなかった。それで、いい加減な相槌《あいづち》を打ったが、あとではいってきたべつな客に池野典也がまぎれもなく当代一流の建築設計家であること、たいそうな財産をつくっていることなどを聞いて後悔した。

十日後、池野典也が二人の所員を連れて二度めに店に現われたとき、三沙子はしんから喜んで彼をもてなした。このときは彼女のほうからすすんで、自分がメリー・ピックフォードに似ていると客によく言われる話をした。

そうだろうね、ぼくでさえそう思うんだから、と池野は二度ばかりうなずいて、左右の所員を顧《かえり》みたが、若い所員はむろんそんな古い映画女優などは知っていなかった。その女優はどんな役をやっていたんですか。そうだな、ずいぶん役柄がひろくて、娘役もやったし人妻も演じたね、妖艶な情婦といった役もあったな、若いとき見たものは忘れられないよ、と池野は言った。

その映画には直接関係はないが、池野の思い出は当時の自分の暗い青春にあった。そのころ彼は十七、八であったろうか、建築請負師の何々組の中にいて追い回しに使われていた。金もなく、遊ぶ時間もなく、もとより女にも縁はなかった。月二度の休みに映画館にはいるのがただ一つの愉《たの》しみだった。濡れたような瞳と大きな唇を持ったメリー・ピックフォードは灰色の青春の過去に灯《ひ》を点じている。現在の成功が大きければ大きいほどふり返る過去の暗鬱《あんうつ》がロマンチックな色彩をまとった感慨となってくる。

五度めに池野がその店に行ったとき、三沙子は十時ごろにはもうあとを五人の店の子に頼み、彼に食事をご馳走してくれとねだって外に誘い出した。食事は口実で、彼女のほうからホテルに車を走らせた。

池野もこれまで妻以外の女と交渉はあった。ある女とのことでは妻との間に騒動が起こり、ひどい苦しみを味わったことがある。中年になって収入がふえれば自然とそうなる。が、それらはすべて五十すぎまでで、ここ十何年かはそうした女関係からは遠ざかっていた。ひとつは体力の衰退からでもあった。

しかし、石上三沙子は池野典也に最後の火をかき立てさせた。彼の停止した機能の車輪は三沙子によって回転した。三十歳年下の女、しかも女盛りの精力と体軀《たいく》に池野は圧倒されたが、三沙子は彼を緩急自在に誘導した。彼女はそういうことのできる技巧を持っていた。

二年間、池野は三沙子の援護者という立場になったが、その間彼女の「男」が彼だけに限ったかというと、そういう保証はない。あとから考え合わせてほかにも二人か三人の「恋人」が居たようである。しかも、それは絶えず変わっていたらしい。三沙子が池野だけを変えなかったのは、むろん経済的援助のためだったが、池野の病妻が死んだのちには、その後添《のちぞい》にはいるという将来の希望があったからである。著名な芸術家の夫人になるのは彼女の虚栄心を満足させ、豊かな生活を獲得することだった。

三沙子の店の経営はあまりうまくいってなかった。それというのは、彼女自身がホステス（ほんの七、八人ぐらいだったが）よりも自分が先に立って客に接していたからで、ホステスたちはこういう自意識過剰な、出しゃばりのママを嫌う。それで店の女は絶えず変わり、変わるたびに女のコの程度が落ちていった。客足が落ちるのは当然だった。

池野の病妻が死ぬと（この妻は幸いに夫と三沙子のことは知らずじまいだった）、三沙子は流行《はや》らなかった店を居抜きで人に高く売りつけ、彼の妻の座にすわった。店を売った金もそれまでの赤字へ注ぎこんでくれた池野には一銭も支払わずにみんな自分のもるのは男の鷹揚《おうよう》さに欠池野は内心不満だったが、そんなことを言うのは男の鷹揚《おうよう》さに欠けけると思って黙っていた。

若い女が後妻として家にはいってくれば、べつに家を持っている息子二人は寄りつかなくなる。それでなくとも、息子たちは父親の行跡をうすうす知っていたので、その女を義母にした父と妥協できるはずはなかった。池野にもそれは分かっていて、三沙子と結婚の披露をする前、財産分けをした。民法の規定に従い、入籍する三沙子に半分、残り半分を息子に二分し、このほうは早速分与を実行した。自分の死後、三沙子と息子との間に紛議《ふんぎ》を起こさないためだった。処分後、池野はこれを彼女に知らせた。家に入れる前だったのは、彼女から出る文句を少しでも抑えるためである。

三沙子は、池野典也の全財産が思いのほか少ないのにびっくりした。それは彼女の予想の四分の一くらいだった。はじめ彼女は池野が息子たちのため、実際の財産をかくしているのだと疑い、ある興信所に頼んで秘密に調査してもらった結果、それほど大差がないことが分かって落胆した。

しかし、がっかりはしたが最終的な絶望はしなかった。考えてみると、池野と結婚するのは、普通の男の後妻になるよりもはるかに利点があった。財産は思ったほど多くはなかったが、贅沢《ぜいたく》な毎日が送れることは間違いなかった。一流建築家池野典也の妻として世間の尊敬も受けられる。

結婚の披露宴は、都内の一流ホテルで行なわれ、媒酌人には高名な実業家夫妻が当たった。客は三百人くらい来たが、実業界、美術界、学界の「名士」の顔が多かった。新郎が六十三歳で新婦が三十三歳という点で、来賓の祝辞は遠慮深かったが、正面テーブルを見つめる客の眼つきは好奇心に輝いていた。

二人の結婚生活は、はじめのうちはかなり順調だった。人々は、三沙子の若さと、豊かな体格と、妖《あや》しくエネルギッシュな容貌とを見て池野の健康を興味半分に危惧《きぐ》したが、池野はけっこう仕合せそうであった。彼は派手な色と柄の洋服を着るようになり、動作も若返ってみえた。男たちは、若い女房をもらった彼を羨望《せんぼう》した。この状態がいつまで続くことやらと岡焼き半分に危ぶんだ。あと七年たてば亭主は七十歳になり、女房は四十歳になる。ことに三沙子の経歴が経歴だけに、池野の枯渇《こかつ》したときが思いやられた。

結婚した三沙子は、池野ひとりを守る貞淑な妻になった。池野といっしょになる前に、かくれた男がもし居たとしても、それらを一切清算し、彼以外の男性には眼もくれなかった。彼の妻の座は最高に快適のようだった。

店の経営に苦しむこともなく、客を常連にする気苦労とか、ホステスの確保や洋酒屋の支払いなどに心配することはなかった。彼女は以前からゴルフをやっていた(バーのマダムがゴルフをするのは一種の流行になっている)ので、車の運転もするようになっていた。もっともゴルフは彼女に「恋愛」を提供する道具でもあったが、今ではそれもすっかりやめて、車は池野の事務所通いや、注文主のもとに行くときや、現場の見回りなどの送迎用に使用された。

むろん彼女自身がハンドルを握るのだが、その身仕度は洗練されていた。池野は助手席か後部座席に坐り至極《しごく》幸福そうな夫婦顔でいた。口の悪い連中は、三沙子が池野を車に乗せてどこへでも行くのは彼の監視のためだと言ったが、あるいはそうかもしれなかった。

3

三沙子は、麻布《あざぶ》の自宅から池野設計事務所に夫を送ると、自分も事務所《オフィス》の中にはいって所員の働く様子を観察した。はじめ「見学」だったのが「視察」に変わったのは、所長の妻という意識と、だいたいの様子が呑みこめたのと、所員と親しく口を利くようになったからである。彼女は設計机に屈《かが》みこんで定規《じょうぎ》を滑らせては烏口《からすぐち》を引いたり、計算尺をいじったり、コンパスや分割器《ディバイダー》を回したりしている所員の忙しそうな姿を眺め、はては一人一人の傍に近づいては初歩的な質問を煩《うるさ》くした。所員たちは迷惑がったが、所長の奥さんではあるし、それに、かねて噂に聞いている女なので興味も手伝ってかなり親切に説明した。彼らは、自分のすぐそばに、大柄で、鳩胸の、造作の大きいコケティッシュな容貌の女に立たれてテレ臭くなり、その強い香水の匂いにくすぐったい表情になった。それを三沙子は自分の魅力だと信じた。

半年ばかり経つと、彼女は事務所の様子にもっと精通するようになった。彼女は、第一番に経理主任の樋渡忠造《ひわたりちゅうぞう》と仲よしになった。樋渡は五十八歳で、もと税務署につとめていたが、停年前に池野設計事務所に池野の懇請《こんせい》で移ってきたのである。真面目で、しっかり者だった。彼女は、夫の収入の実体を把握《はあく》しておかなければならないと思い、それには樋渡を味方につける必要があった。しかし、それは色気の方法からではない。彼女は彼を親切に扱い、他の所員にはかくれてちょっとした私物を贈り懐柔《かいじゅう》するように努めた。樋渡はどうみても面白味のない、野暮《やぼ》な俗人で、そうした品物で釣るよりほかに彼女の興味はなかった。

もう一人の所員は秋岡辰夫であった。むろん、彼女にはまだ設計技術のことははっきり分からなかったけれど、秋岡の腕がすぐれているのを夫の池野の口から聞いていた。——ほかの所員はやめてもいっこうにかまわないが、秋岡だけは手放したくない。あいつはおれの後つぎになる男だ。何とかしてここに残しておきたい。

三沙子は怜悧《れいり》な女だったので、池野の言葉がよく分かった。使用人ほど浮動なものはない。バーの世界を生きてきた彼女は、ホステスが絶えずほうぼうの店を移り歩いているのを見ていた。店の看板になるような女のコほど移り気である。これを引きとめるには高い金を出す以外にないが、ほかの店ではもっと高い給金で誘うし、男関係でも落ちつきがない。そのような女をひきとめるのに店の経営者がどんなに苦労しているかを三沙子はたっぷり見聞してきた。事実、女が辞《や》めたため客足が遠ざかり、潰《つぶ》れた店も少なくないのである。経営者ともなれば雇人との関係では、バーも建築設計事務所も同じことだと思った。

結婚して二年ほどになると、三沙子は池野にそろそろ不安を感じてきた。ちかごろはすっかり老いこんできている。いっしょになった当座、若い者とあまり変わらなかった性交渉のほうも、もともとそれが無理だったのか、がた落ちだった。六十五歳相応の、いや、それ以上の無力な老人となってしまった。

池野が生きられるのは、あと五、六年ぐらいだ、と思われた。それから先、自分はどうなるのだろうかと三沙子は考えた。この設計事務所も閉鎖しなければならなくなる。池野典也があってこその繁栄である。池野が死んだら、有力で金持ちの設計依頼者はなくなる。

また、池野の死亡で、現在の所員はたちまち辞めて、自営に独立するか、他の設計事務所に移るかするに違いなかった。池野と所員の間はほとんど師弟関係にあったから、かえってそれが弱点となっていた。

三沙子の択《と》る道は、二つしかなかった。一つは、池野の遺産を握って有利な再婚をするか、その遺産を資本にまたバーを開くかだった。しかし、再婚はよほどの相手でないと心が動かず、バーを開くのも前の失敗で懲《こ》りていた。

第一、折角《せっかく》、水商売から足を洗って「著名人の夫人」に納まり、世間の敬意を受けているのに、またぞろ浮気な客の機嫌をとったり、軽蔑されたりすることはなかった。

三沙子は、夫の死後でも池野設計事務所を維持してゆきたかった。彼女自らが、所長となって経営するのである。社会的な名声は、あがるに違いない。設計事務所の女所長は珍しいから、その稀少価値で、社会のいろいろな場に引張り出され、婦人雑誌に随筆を書かされたり、新聞社に意見を聞かれたり、テレビの座談会に顔を出したりするようになるだろう。考えただけでも動悸が速くなる話である。

だが、設計事務所を維持する可能性になると、三沙子も絶望に近かった。当座こそ「池野設計事務所」の売り込んだ名前で依頼者があるかもしれないが、所員の技術が貧弱と分かってしまえばだれも頼みにこなくなる。それだったら恥をさらすようなものである。

三沙子は、当然なことに、秋岡辰夫をここに長く引きとめておく工夫に駆《か》られた。彼こそ彼女の希望をつないでくれる唯一《ゆいいつ》の人間だった。池野が死んでも、彼だったら「池野設計事務所」の声価を十分に維持し得る。秋岡の腕を、池野は高く買っていて、その独創的なプランを、池野がしばしば自己の設計にとり入れていることも、夫の告白で聞いていた。

秋岡は、完全に一本立ちの設計家になれる。他の所員は独立してもたいしたことはない。が、秋岡は日本でも有数な、あるいは池野以上の「芸術家」になれる才能を持っている。当人も、ひそかにその自信は抱いているだろう。池野の死後、どんなに高給を出しても彼を使用人として縛《しば》ることは不可能だった。

それに、池野についてもう一つの徴候があった。彼の体力が衰えているように、彼の頭脳も衰弱の傾向にあった。

脳細胞の働きは、あらゆる肉体上の活力と比例する。稀有《けう》の才能を持っていた池野も、近ごろはそれがすっかり枯渇し、設計もマンネリ化していた。仕事も過去の作品のバリエーションか、そのままのものが多かった。わずかにそれを救っているのは秋岡からのアイデア借用だった。

池野が五、六年さきに死なずに、長生きしても、このままだと彼への評価は下降するにちがいない。声価が下がれば、設計事務所の経営状態が悪化するのは自明の理だった。たとえ秋岡がいても、池野が退き、先輩の所員が引込む事態にならない限り、秋岡はその腕を十二分に揮《ふる》うことはできないのである。彼が池野の地位にとって代わったときこそ、この設計事務所は完全に新しい繁栄を得るはずだった。

三沙子は何日間も何ごとかを考えていた。もちろん彼女の思案の内容は夫には分からなかった。その決心がついたのち、三沙子は秋岡辰夫にそれとなく接近をはじめた。それはまず、池野といっしょに秋岡をレストランに招待することからはじまった。秋岡に眼をかけている夫は彼女の発案に反対しなかった。

「ねえ、秋岡さん、あなただけご馳走するのよ。ほかの人には言わないでね」

三沙子はほかの所員の居ないところで彼にささやいた。秋岡は赧《あか》い顔になった。内緒の招待が、彼に誇りと秘密のよろこびを与えた。

秋岡辰夫は決してハンサムな青年ではなかった。若い女にはもてない型《タイプ》だった。背も低いし、身体も小さく、風采が上がらなかった。しかし、それで夢を捨てているのではなく、かえってロマンチックな憧れを持っているようにみえた。そして設計技術に自信を持ち、その自信が勉強に駆り立てている好青年であった。

はじめの二回まで、三沙子はそうして秋岡を夫と二人で招待した。秋岡は所長夫妻の特別な厚意を素直によろこび、池野もこの愛弟子《まなでし》を激励した。その限りではまだ師弟または雇主と傭雇者の間だった。

それから三沙子は秋岡になにくれとなく眼をかけるようになった。会計係の樋渡忠造とは違った意味の品物、ネクタイとかピンとか沓下《くつした》とか、およそ女が恋人か興味を持っている男に贈るようなものを人眼にかくれて与えた。そのとき彼女は秋岡の耳に口をつけるようにして、

「主人にも言ってないからそのつもりでね」

と、低い、馴れた甘い声で言った。その際、彼女の心をくすぐるような上等の香水を自分の耳朶《みみたぶ》の下に付けるのを忘れなかった。秋岡は最初の招待を言われたときよりも頬を濃く染《そ》めた。

こうして個人的な好意を三沙子は秋岡に印象づけた上、ある晩、こっそりと彼を前とはべつなレストランに誘った。そこは夫と行ったところよりは高級で、部屋は狭いが、贅沢に飾られていた。

「今夜は、主人にお芝居に友だちといっしょに行くと言って出たのよ。だから、そのつ

もりでね」

三沙子は上眼《うわめ》づかいに彼を見て意味ありげに微笑した。それもバー生活で身につけた技巧だった。秋岡はもじもじしていた。

約十日経って三沙子は夜もう一度彼をほかの同程度のレストランに招いた。むろん今度も夫には内緒だと彼に言った。彼女は派手な化粧をし、若づくりな服装でいた。秋岡の頰は火照《ほて》っていたが、態度にはかなり馴れたものが出てきていた。

食事が済むと、三沙子はナイトクラブに秋岡を誘った。

「ぼく、ダンスは駄目なんです」

秋岡は尻ごみしたが、踊らなくとも人のを見るだけでも愉《たの》しいからと彼女は言って赤坂にタクシーで行った。

座席にいっしょにならんだ三沙子は、

「これ、とって」

と言って秋岡に封筒を握らせた。金だということは彼にもすぐに分かった。

「どうしてこんなことをなさるんですか?」

「黙ってとったらいいのよ。近いうち、お給料のほうも上げるようにするわ。あなたはそれだけの腕があるんだもの」

内心、安い給料に不満を感じていたらしい秋岡は軽く頭を下げて封筒をとった。そのとき、三沙子の指が彼の手に絡《から》んだ。秋岡の心臓が波うった。

うす暗いナイトクラブのテーブルで三沙子はジンフィズを何杯か飲んだ。彼女はその程度では決して酔わなかったが、酔ったふりをした。秋岡はグラス一杯で真赤になっていた。周囲のテーブルの客もホステスも、金持ちの夫人が若い愛人を連れてきているように眺めていた。そのちらちらした視線が秋岡に感じられるのか、彼はうつむき加減でいた。さっき三沙子の指が伸びてきたことといい、ほの紅いテーブルのランプの灯に輝く彼女の瞳の据《すわ》りかたといい、秋岡ははげしい動悸でじっとしていられなかった。三沙子は微笑で彼の顔ばかりを凝視していた。

「こんな赤い顔じゃ家に帰れないわ。主人には知合いのところに縁談のお世話に行くといって出てるんだもの。酔って身体がふらふらなの。どこかに寄って、ちょっと憩《やす》んで帰りたいわ」

タクシーの中で、三沙子はいかにも酔い過ぎたようにゆっくりと言い、自分で運転手に行先の旅館の名を告げた。秋岡が慄《ふる》えていると、その肩に三沙子の顔がもたれかかった。

4

秋岡は前にも増して仕事に精を出した。のみならず、彼の発想は一段と精彩を発揮した。その秘密は池野も所員も知らなかった。芸術家的な人間は恋愛によってデーモンが憑《の》り移ってくるものである。

秋岡の場合、恋愛ははじめてのことだったし、女との肉体関係も最初の経験だった。しかもそれは師の妻との秘密な恋だった。秋岡は初心な恋愛をとびこえて、いきなり中年ふうな爛《ただ》れた愛欲にはいったのだった。

彼は池野の顔をまっすぐに見ることができなくなった。

彼は師の視線から絶えず脱れるようにした。その反面、三沙子の姿を人知れず絶えず求めた。

「なるべく平気な様子でいるのよ」

ある夕方の旅館で、三沙子は秋岡との抱擁の休みに言った。

「ぼくにはできそうにありません」

秋岡は苦しそうに言った。

「そこを我慢して。あんたがあんまりそわそわしていると、池野にも所員にも気づかれるわよ」

「ぼくは、職場で、一日でも奥さんの姿を見ないと落ちつかないんです。はじめはそうでもなかったのですが、近ごろは奥さんが自宅にいて事務所に出てこないと、ぼくに対する気持ちがさめたのではないかと不安になってくるんです」

「わたしの愛情は変わらないわ。だって、こんな危険なことをしてるんだもの。普通ではできないわ」

「それだといいんだけど。ぼくはこの通り顔や姿に自信がないので煩悶《はんもん》するんです」

「ばかね。そんなことでわたしの気持ちは動かないわ。小娘じゃあるまいし。あんたには素晴らしい才能があるじゃないの。あんたは天才だわ。池野がとても追いつかないわ。女というのはそういうすぐれた男に惚《ほ》れるものよ」

「それだとうれしいんです。が、近ごろは奥さんが事務所に出てこないと、家で先生と仲よくしてるんじゃないかと想像して、苛々《いらいら》してくるんです。ぼくは嫉妬深いのでしょうか？」

「それだけ、わたしを愛してくれるからだわ」

三沙子は彼の頰に唇を二、三度つけた。秋岡はじっとしていた。

「あんたのその想像は止《や》めてね。わたしは池野に何の愛情も持ってないわ。あの人は、もう亭主としての資格はないの。それはあんたも、わたしとこういうことをして分かるでしょ？」

たった今、彼女の上に過ぎた狂乱を考えて、秋岡はうなずいた。他の女に経験のない彼だったが、理解はできた。それに池野はすっかり老いて、姿も様子も弱っていた。

「ただ、池野に感づかれないようにしなくては駄目よ。近ごろは、だいぶんわたしの行動に気をつけているようだから」

秋岡の表情に不安な影が生まれた。

「だって、いろいろな口実を言って、夜、外出するでしょう。前はこんなことがなかったもの。まさか、わたしがあんたと遇《あ》ってるなどとは夢にも思わないけれど、変だと考えていることは確かよ。だから、あんたも気をつけてね。池野に知られたら、あんたはあそこから追放されるわ。そしたら、遇えなくなるじゃないの」

　三沙子は若い恋人を諭《さと》した。

　しかし、いきなり糜爛《びらん》した愛欲に投げこまれた青年は、冷静になることができなかった。三沙子は、自分を追い求める秋岡を擒縦《きんしょう》自在に操《あやつ》った。純真な青年を操縦するくらい彼女にはわけもないことだった。彼の恋情は燃えさかるばかりだった。

「ぼくはどうしていいか分からない。仕事も手がつかなくなったのです。設計を考えていても、奥さんのほうにばかり想いが走ってわけが分からなくなるんです。このままだと、ぼく、頭が狂いそうです」

　暗い灯の枕の上で秋岡は髪毛を掻きまわした。

「そんなこと言っちゃ困るわ。あんたは仕事を一生懸命にやらなくちゃ。今が大事なときよ。あんたの発想はとても素晴らしいじゃないの。池野の設計で、あんたの発想をとり入れたのだけが依頼者に喜ばれるわ。建築雑誌でも大好評じゃないの」

「もう駄目です。奥さんが居る限りは……」

　混乱する秋岡を三沙子はじっと見ていた。彼女の眼と唇に複雑な微笑が浮かんだ。

「じゃ、わたしがひとりになればいいのね？」

　秋岡は意味を解しかねて三沙子を見返した。

「たとえば……池野が居なくなるといったようなことよ」

秋岡は唾《つば》を呑んだ。

「誤解しないで。わたしが池野と別れるというのじゃないのよ。別れてもわたしは生活のしようがないわ。たとえ、あんたと結婚しても、あんたは苦労するばかりよ」

「どんな苦労をしてもぼくはかまいません」

「まあ聞いて。いい？……あんたはまだ若いし、才能はあるけど、仕事の上では世間はまだ認めていないわ。そら、将来は世間をびっくりさせるようなことになるけど、いまは自重《じちょう》しなければいけないわ。わたしと結婚したら、池野の女房を偸《ぬす》んだということになって建築界から袋叩きにされるわよ。世間も不道徳だと非難してだれも相手にしなくなるわ。せっかく、恵まれた才能を持っているあんたが芽の出ないうちに摘《つ》み取られてしまうのよ。それでもいいの？」

さすがに秋岡は、いいとは答えなかった。

「わたしたちのことは慎重に運ばなくちゃならないわ。あんたの才能を大成するためにもよけいなトラブルを起こさないようにね」

「それで、奥さんがひとりになれるのですか？」

秋岡は憤《おこ》ったようにきいた。

「そうね……」

三沙子はそれこそ慎重な表情で言った。

「たとえば、池野が死ぬことね」

秋岡は口の中で叫んだ。

「死ぬ？」

「びっくりしなくてもいいわ。池野は六十五じゃないの。わたしより三十も年上よ。順序から言って池野がさきに死ぬわ。わたしがひとりになるというのはそういう意味よ」

秋岡ははぐらかされたような顔になった。

三沙子が言ったのは至極当たり前の話であった。老境の池野典也が彼女よりも先に死ぬといっても、それは何年先のことだろうか。彼女の話は茫漠としていた。

しかし、問題の切迫は案外早くやってきた。三沙子が、二人の仲を池野にうすうす感づかれたようだと秋岡に知らせたからだった。

秋岡は顔色を変えた。ほんとうですか、と訊くと、三沙子は間違いないと答えた。そういう彼女の表情も深刻だった。

「もし、池野が騒ぎ立てたら、あんたはクビになるだけでなく、建築設計の世界から葬《ほうむ》り去られてしまう。こんなことであんたの未来を台なしにしたくないわ。わたしにとっても堪《たま》らないわ。だって、そうなったら、世間の手前、あんたとも遇えなくなるじゃないの？」

秋岡の心に激しい嵐が吹きすさんでいるさまが彼の姿によく見えた。

「池野は長生きしそうよ。五、六年うちにどうなるということはないわね。年とっているけど、自分でも要心して健康に気をつけてるもの。あれじゃ、八十ぐらいまで生きそうだわ」

――池野典也が死なないうちに秋岡辰夫を確保するのが三沙子の狙いであった。あと、三、四年経てば、彼の才能が世間の注目をひく。彼は独立のためにこの設計事務所を去ってゆくかもしれなかった。そうなる前に、閂《かんぬき》をかけて彼を手もとに封じ込めておかなければならなかった。

閂の一つが恋愛であった。これは目下のところ成功している。が、これだけでは三沙子は不安であった。恋愛は彼を禁足するのに絶対とはいえなかった。変化の多い感情はこの門を役立たせなくなるかもしれない。三沙子は秋岡より十も多い自分の年齢も考慮に入れなければならなかった。若い女が彼の前に現われたとき、彼の気持ちに動揺が起こらないとはだれが保証し得よう。秋岡が自分のもとから絶対に遁《に》げ出さない頑丈な錠前を彼女は用意しなければならなかった。

その次の密会の機会、三沙子は池野が二人の間を嗅《か》ぎつけて詰問したことを話した。

「奥さんは、打明けたんですか？」

秋岡は喘《あえ》ぎながら言った。

「一生懸命に打消したわ。でも、いつまで頑張れるか自信がない。彼の監視の眼がきびしくなったから、あんたとも、こんなふうにたびたび会えなくなるわ」

「いやだ」

と、青年は坊やのように首を激しく振った。

「ぼくは奥さんと毎日でも会いたいんだ。それが間が遠のくなんて我慢ができませんよ」

「そんな駄々っ子みたいなことを言っても仕方がないわ。池野の眼の黒いうちはね」

「ぼくはどうしたらいいんです？」

「しばらくは辛抱することよ。つらいだろうけど。……わたしもこう言ってはいるけど、自分の理性に自信がなくなってくるのよ。だって、あんたがこんなに好きなんだもの。だからといって、二人の破滅はできるだけ避けなければ。とくにあんたの場合はね」

秋岡は虚《うつ》ろな眼をしていた。

「幸い、今は所員のだれもわたしたちのことには気がついていないわ。池野もさすがにそれは言えないでいるのね。けど、年寄は嫉妬深いから、この先、どうなるか分からないわ」

5

秋の深まった十一月二十五日の夜、池野典也が自宅で強盗に殺された。妻の三沙子は助かった。

凶行は午後九時半ごろに行なわれた。十時すぎに三沙子が五百メートル先の交番に走って知らせたのである。電話線は切られていた。付近は高級住宅地で、八時を過ぎるとどの家も表を暗くしてしまう。

池野は二階十畳の居間で仰向《あおむ》きに倒れていた。抵抗のあとはあった。そばに木刀が転がっていた。心臓が鋭い、細長い凶器で一突きにされ、ほとんど即死だった。その居間の箪笥《たんす》と階下の十畳と八畳の箪笥四つと洋服箪笥三つの抽出《ひきだ》しが全部引出され、衣類が散乱していた。

助かった三沙子の供述は次の通りである。

「九時ごろ、夫とわたしとは二階十畳の居間でいっしょにテレビを見ていました。番組はA局の××でした。そのとき、階下のほうで何か物音がするので、わたしは夫にそれを言いました。夫は少し耳が遠く、それにテレビの歌が大きかったので分からなかったようです。そのうち音がやんだので、わたしは女中が起きて手洗いでも行く足音かと思いました。女中部屋は玄関わきの四畳半で、日本間ですが要心のためドアにして、閉めると自動的に錠がかかるようにしてあります。

十分ばかり経つと、もう一度、階下から音が聞こえたので、わたしは心配になって様子を見るため、襖《ふすま》を開けて廊下に出ました。夫は、年寄りですから、わたしだけが行ったのです。階段の上のスイッチをひねって電灯をつけ、三段ほど下りたとき、下に黒い洋服を着た、三十五、六くらいの大きな男が左横から現われました。左横は十畳と、それにつづく洋式の応接間になっています。わたしがびっくりして立ちすくむと、男もそこから私を見上げて、じっとしていました。一分ばかりそうしていたと思います。恐怖が起こって、夫に知らせるため階段の三段を上がり、廊下に引返すと、男は階段のいちばん下から上がってきました。わたしは夢中で襖を開け、十畳にはいり、まだテレビの前に坐っている夫に、あなた、泥棒よ、いまここにくるわ、と叫びました。夫は、ちょっと、ぽかんとしていましたが、すぐ眼をいっぱいに見開いて膝を起こしました。わたしのあとからつづいてはいってきた強盗を見たからです」

強盗は夫婦に、静かにしろ、と言った。三沙子は夫の肩にすがりついていた。強盗は彼女の背中のすぐ傍に来て、おい、現金があるだろう、あるだけのものをみんな出せ、と立ったままで言った。

池野は片膝を立てたままで、現金は家に置いてない、みんな銀行預金になっている、と強盗に言ったが、その顔は真蒼《まっさお》になっていた。強盗は、嘘つけ、金庫はどこだ、金庫を開けろ、と言った。金庫は無い、金庫は事務所のほうだけだ、と池野は、言った。事務所は何処《どこ》だと強盗は訊いた。事務所はS町だ、ここから二キロほどもはなれていると池野は答えた。そんな押し問答を聞いているうちに、三沙子は強盗が手に何か握っているのに気づき、危害を加えられてはと恐ろしくなって、二万円くらいならわたしの財布《さいふ》にあるから、それをあげます、と強盗に言った。相手はとにかく早くそれを出せ、と言った。見上げるような大男だったことも彼女を恐怖させた。

十畳の居間を中心にして北側が夫婦の寝室、南側八畳が三沙子の化粧室になっている。財布はその部屋の三面鏡の抽出しに入れてある。三沙子は襖を開けてそこにはいった。強盗はうしろからついてきた。消灯しているので暗かったが、開けた襖の間から射しこむ居間の電灯の光で中の様子は見えた。鏡だけが強く光を反射していた。

三沙子が鏡台の抽出しを開けて財布を出すと、強盗はそれを横取りにして口金を開き、一万円札一枚、五千円札一枚、千円札六枚をいっしょにしてたたんだのを抜きとった。そのとき気づいたのだが、強盗はよごれた軍手をはめていた。

おい、これだけか、まだほかにあるだろう、と強盗は三沙子を睨んで言った。いいえ、これだけです、ほかにお金は置いてありません、と彼女はふるえ声で答えた。強盗の濃い眉と髭《ひげ》とが間近に迫っていて、鋭い眼に見つめられていた。彼女はいまにも相手に抱きつかれそうな気がして、おそろしくてならなかった。こんな立派な家にいて、現金が二万円ぽっちということはなかろう、もっと出せ、早くしないと承知しないぞ、と大男は言った。ダミ声だった。いいえ、ほんとにこれだけなんです、衣類だったら洋服でも着物でも何でも持って行って下さい。そんなものは欲しくない、こっちが欲しいのは現金と貴金属だ、おい、おまえの宝石があるだろう、指輪でも金時計でもいいから出せ、金といっしょに出せ、じゃ、指輪と時計をあげます。どこにある、金庫の中だろう。いいえ、金庫なんかありません。こっちの簞笥の下の開きです、鍵がないと開きません。早くしろ、ぐずぐずするな。……

このとき池野が隣りの間から木刀を振りかざしてはいってきた。万一の護身用に寝室の隅にいつも立てかけておいたのだが、いつの間にかそこから持ってきたとみえる。池野にすればうす暗いところで強盗が三沙子に何か迫っているので、乱暴をされると思ったらしかった。強盗はふりむいて、池野の木刀を避け、この爺《じじ》い、と言うなりとび付いていった。

強盗は、池野の真正面から取り組んだ姿で、彼を十畳の間にずるずる押し戻した。六十五歳の痩せた池野はよろよろした。彼は強盗に抱きとめられたような恰好で座敷の中央まであと退《ずさ》りしたとき、突然、人間の声とも思えぬ大きな叫びを短くあげた。何が起こったかが分かって、三沙子は次の間で突伏《つっぷ》した。階段を駆け下りる慌《あわ》ただしい足音をその直後に聞いた。

やっと起き上がって居間をこわごわとのぞくと、仰向きに倒れた池野の部屋着――藍《あい》色地に赤の荒い格子《チェック》の純毛のスポーツ・シャツの真ん中に赤黒い液体が滲《にじ》み出ていた。そばに寄ると、池野は鬼のような顔をして眼をむいていた。揺《ゆ》すってみたが反応はなく、血液がスポーツ・シャツの胸のところにひろがるだけだった。――

池野典也の死体を解剖すると、皮膚の創縁は直径四ミリぐらいの、やや不整な円形である。が、深さは八センチもあって心臓を貫いていた。心臓部の傷は鋭いが小さい。このことから凶器は、かなり大きな錐《きり》のようなものと推定された。また、その致命傷となった部位の近くにも錐の先で掻いたような擦傷があった。これは三沙子の供述にある

「強盗は右手に短い棒のようなものを握っていた」という言葉と符合した。

犯人は三十五、六歳の大男だったというが、三沙子は警察の訊問に答えた。

「身長は一八〇センチぐらいでした。横幅もある、がっちりとした体格で、頭髪は角刈が無精《ぶしよう》に伸び、眉も髭も濃い男でした。顴骨《ほおぼね》の張った、赭《あか》ら顔で、労務者のような感じでした。言葉には東北弁の訛《なまり》がありました。服装は前にも申しましたように、粗末な黒い背広で、ワイシャツの代わりに頸《くび》のつまった黒いセーターを着ていました。手袋はよごれた軍手のようでしたが、それを一度も脱ぎませんでした」

凶器は見つからなかった。犯人の指紋も発見できず、遺留品も無かった。

侵入口は、裏口で、戸をこじあけてはいっている。そこの錠が前から甘くなっていて修繕を頼むつもりでいたと三沙子は言った。犯人のものらしい靴あとが道路から裏口、三和土《たたき》、屋内の畳、階段などに付いていたが、これが十一文半の大きさだった。これも三沙子の言う「大男」と一致する。逃走路は侵入口と同じであった。

強奪されたものは現金の二万一千円だけだった。衣類は一点も盗《と》ってなかった。箪笥をかきまわしたのは、現金か貴金属類を捜したつもりらしい。はじめ盗みではいったのが、三沙子に気づかれて居直り強盗に替わったのである。賊は三沙子に指輪や時計類を出すように強請《きようせい》していたが、池野を刺殺したためそのまま逃げた。池野も木刀を振りまわさなかったら殺されることはなかったであろう。熟睡していた女中は、三沙子にその部屋のドアを叩かれるまで何も知っていなかった。

強盗殺人事件として捜査本部が設けられ、大がかりな捜査が行なわれた。池野典也といえば和風建築設計の第一人者として古くから知られているので世間はおどろいた。青山葬儀所での葬儀は盛大で、建築業界はもちろんのこと、学者、文化人、実業家たちが多数参列した。

三沙子の喪服は彼女の豊かな肉体をひきしめて人目をひいた。喪主側に居ならぶ所員の中には、蒼白い顔をした秋岡辰夫の、背の低い、貧弱な姿があった。捜査ははじめから難航した。それと考えられる強窃盗犯の前科者六百人以上について洗ったが成果はなかった。三沙子は警視庁に行って数百人の登録カード写真の顔を見せられたが、似た者はあっても正確にこの人だとは指摘できなかった。警察では、三沙子の言う人相の各部の特徴に従い、モンタージュ写真をつくって新聞に発表させたが反応はなかった。

捜査本部は新年を前にして解散し、事件は迷宮入りとなった。

6

池野典也が死んでも「池野設計事務所」は運営された。所長には未亡人の三沙子が坐った。

旧い所員の多くはそこから辞《や》めて行ったが、その穴を三沙子はよその設計事務所員から引抜いてきた。中心は秋岡辰夫だった。彼は一年前に一級建築士の資格をとっていた。

旧い所員が辞めたのも、三沙子が後輩の彼を中軸に据えたのが面白くなかったからである。

しかし、その設計事務所の仕事は「池野」の名に恥じなかった。いや、池野典也の仕事以上の声価を持続した。池野の感覚はすでに古くなっていたが、秋岡の設計は新しい時代感覚を十分にとり入れて、それを日本の古典に融合させていた。彼の斬新《ざんしん》なアイデアはつぎつぎと技術的な開発を遂《と》げ、その設計作品は注文主を大いに満足させ、同業者を瞠目《どうもく》させた。

秋岡は師も先輩も居なくなったので、他から何ら掣肘《せいちゅう》を受けることなく、自由自在にその手腕が発揮できた。彼は、所長の三沙子の厚い信頼と庇護を受けていたので、仕事の上では、思うままのことができた。それが、彼の芸術的野心を昂進させ、作品に輝きを与えた。池野設計事務所は、池野の死後、凋落《ちょうらく》するどころか、前にも増して繁栄した。

所長の三沙子は毎日、事務所に出勤して所長室に納まり、また、依頼主などの渉外的なことに当たった。女所長は如才《じょさい》がなく、愛想がよかった。

三沙子は経営がうまかった。彼女は上流階級の人々（その中には高貴な出身の人もいた）や実業家や、金のある文化人、有名な料亭、旅館、ホテル、会館から注文をもらってきた。夫の代からの顧客も多かったが、彼女が新たに開拓した層もあった。

彼女はそれらの注文を秋岡を中心に設計させたが、その際、技術者たちの意欲を煽《あお》るように激励し、彼らの虚栄心をくすぐることを忘れなかった。彼女自身も、設計に対する眼がしだいに肥《こ》えてきて、ときには彼らのプランをチェックした。基礎的な知識はなかったが、三沙子はカンが鋭いほうだった。

一方、経費の支出に対しては細心の注意を払った。こういうときに備えて、会計係の樋渡忠造を夫の生きているころから眼をかけていたので、それがいま役に立った。樋渡は律義《りちぎ》な上に、女所長の信頼に感激し、一銭のごまかしもなかった。

池野設計事務所はすべてが好調であった。前所長が強盗に殺されたことや、その捜査が迷宮入りになったことなどに一切関係なく繁栄の方向にすすんだ。

また、女性の設計事務所長というので珍しがられ、彼女は婦人雑誌や週刊誌のインタビューをよく受けた。彼女の話は巧妙であった。民放のテレビにも出たが、そこでも気のきいたことをしゃべった。

思い通りに彼女は著名人になりかけていた。それがまた注文のほうにも反映し、経営はますます調子よく行った。彼女が空想した夢は、いや、設計した夢は現実的なものに構築されつつあった。

しかし、秋岡辰夫に対しては彼女の態度に大きな変化が生じた。夫が殺された直後、彼女は皆の眼を、とくに警察の眼を警戒して秋岡とは遇わなかったが、捜査本部が解散されてから、きわめて要心深く彼と密会した。

「わたしたちの間は、もうこれきりよ」

と、三沙子は秋岡に、やさしいが、きびしく言った。

「誤解しないで。わたしはあんたを愛してるわ。でも、今までの通りだと、警察ではわたしとあんたの仲を知って、池野を殺した犯人があんたではないかと疑ってくるわ。だって、犯人を見ているのはわたし一人だけで、ほかの目撃者がないから、わたしの証言が唯一でしょう。池野の生きているころから、あんたとこういう仲だったと警察が推定すれば、わたしがあんたと共謀して偽《にせ》の証言をしたと思うに違いないもの」

彼女の説くところによると、こうだった。

証言では強盗が池野を殺したと言った。強盗の人相や特徴、年齢も秋岡辰夫とは全く違ったものをつくりあげた。彼女の証言を信じた捜査陣は、強盗殺人事件一本に絞って突きすすんだ。そのために、所員の身辺捜査は全然行なわれなかった。ひと通り内部事情の内偵はあったらしいが、紛争は皆無だし、もとより彼女と秋岡との情事を知る者はなかった。そんなわけで、他の所員と同様、秋岡のアリバイ調査も行なわれていなかった。

もし、警察がいまごろになって、彼女と秋岡との仲を察知したら、当然に秋岡に対し、池野の殺された時刻のアリバイを追及するにちがいない。それはひと通り、二人の間に万一の場合に備えて打合せはできていた。秋岡が三沙子の自家用車を借りて、ひとりで郊外をドライブしたことになっていた。しかし、つくられたアリバイはどこかに不自然さがあり、弱点がある。それを守り通すのは至難である。だから、よけいな傷を求めてとり返しのつかないことになるよりも、この際、二人は完全に他人となり、今後は名実ともに所長と所員という関係にしようというのである。

「あんたの苦しさはよく分かるけど、あんたの一生の破滅ととりかえっこできないわ。あんたは、いま、日の出の勢いじゃないの。わたしの思った通りだわ。あんたの才能にはみんな驚嘆してるじゃないの。あんたは将来、第一人者になれてよ。池野なんかよりはずっとずっと上よ。世界の建築界にも知られてくるわ。あんたの作品がどんどん海外に紹介されるから。あんたの将来は全く薔薇《ばら》色よ。……それが殺人犯人として絞首台に上がったり、死刑にならなくても、一生を暗い獄窓で過ごすことを考えてごらんなさい、どっちを択《と》るかぐらい分かるでしょ？」

そういう意味のことを彼女は綿々《めんめん》と説き、また、こうもつけ加えた。

「そら、警察に知られたら、わたしはあんたの共犯者として逮捕され、刑務所にはいるわね。でも、わたしは、もともとバーのホステスなどの水商売をやってきた女だし、親も子どもも兄弟もいないひとり者だから、そんな境遇になってもたいしたことはないわ。ちょっぴりいい陽《ひ》の目を見たというだけで、元に戻った身で縛《しば》られたと思えば、諦《あきら》めはつくわ。もう、女としての若さも過ぎたしね。……でも、あんたはわたしと違うわ。才能があり余っているし、年は若いし、どんな出世でも叶《かな》えられるし、どんな夢でもエンジョイできるわ。わたしみたいな女に未練を残して、その素晴しい一生を誤らないでちょうだい」

秋岡辰夫は長い沈黙の果てに、苦しそうにうなずいた。彼も現在の地位と将来の希望に生きることに燃えていた。三沙子の説得に服従したが、苦痛は三沙子を失うことだった。初めての恋だし、愛欲の真髄を教えてくれた女である。別れるのは辛かった。

「そうなると、ぼくは事務所に出て、毎日奥さんの顔を見るのが耐えられなくなってきます。奥さんの顔も姿も見えない、よその設計事務所に移りたくなりました」

「それは絶対に許さないわ」

と、三沙子は厳粛に言った。

「あんたは、わたしの事務所と一体なのよ。よそに移るのはおろか、独立してもいけないわ。わたしとのこんな関係は終わったけれど、わたしが生きている限り、わたしとコンビなのよ。そう、わたしの生涯じゅうね」

「愛情のないコンビでゆくんですか？」

「心に愛情を持っていればいいじゃないの。そのほうがずっとロマンチックだわ。わたしはあんたの才能が日本一になり、世界的に育つように応援するわ。だから、あんたもわたしの事務所にずっと居るの。あんたはわたしの手もとから離れた瞬間、駄目になる人よ」

この意味を、表面からとると伯楽《ばくろう》と駿馬《しゅんめ》の関係だった。しかし、裏は共犯者の強迫であった。もっとも、秋岡辰夫がそれに気づいたのは、少しあとのことだが。

その晩の抱擁は、これが最後だというので三沙子は彼を情熱的にくるみ、ねんごろに扱った。これきりよ、いいこと、どんなことがあっても、もう、わたしを追いかけちゃ駄目よ、あんたの身の破滅になるわよ、それを絶対に忘れないで、と三沙子は彼に嚙んでふくめるように言った。

それから二か月ほど経った。三沙子は、みなが帰ったあと、所長室に秋岡を招き入れた。卓を隔てて相対し、愛人としての素振りは毛筋ほどにも見せなかった。

「あんたは、まだ、わたしに対して気持ちが割り切れないのね？」

三沙子は低い声で言ったが、表情にはきびしさと、温和なものとが半々に出ていた。

「奥さん、それは無理です」

「所長と呼んでちょうだい」

「はあ。……ぼくの気持ちはそんなに早く割り切れるものではありません。奥さん、いや、所長と違って……」

秋岡はうらめしそうな顔をした。

「わたしのこのごろの行状が気に入らないの？」

「ぼくは、所長が男友だちの何人かと深夜まで飲んだり、遊び回っているのを知っています」

「わざとそうしているのよ。一つは、あのことを警察に疑われないように、今ごろになって新しいボーイフレンドができたことにしているの。そうすると、あなたとわたしの関係にはだれの眼もふりかえらないでしょう？」

「………」

「もう一つは、あなたに早くわたしを諦めてもらいたいの。これがわたしたちのいちばん大事なことよ」

三沙子はそう言ったあと、秋岡を見すえて、突然、微笑してやさしく提案した。

「ねえ、あんた、この際、結婚しない？」

「結婚ですって？」

「あんたは二十六じゃないの。早すぎるということはないでしょ？……いいお嬢さんがいるの。いい家庭《うち》の方よ。実は、わたしが話をすすめているのよ」

「話を？」

秋岡はいちいち鸚鵡《おうむ》返しに訊いた。まことに意表外のことだった。

「先方でも、あんたの才能を見こんで乗り気なの。二十一歳だからお似合いと思うわ。素敵にきれいなお嬢さんよ。気だても申しぶんないし、あんた、きっと夢中になるわ」

7

秋岡は四月のはじめに山口菊子と結婚した。菊子は美しい女であった。父親は、相当な企業の社長をつとめ、美術に関心を持っていた。菊子は短大を出て、文学が好きだった。高校しか出ていない秋岡には、むしろ過ぎた相手だった。その点、三沙子の仲人口以上だった。三沙子は秋岡に豪華なお祝いの品を贈った。

秋岡は新妻の実家の援助で、その近くの閑静な場所に一戸を新築した。小さくはあったが彼自身の設計で、瀟洒《しょうしゃ》な外観と合理的な内部とを備えていた。さすがだと行って見た者は感心した。建築雑誌にも紹介された。

彼の作品のモデルのような小住宅の中で、結婚生活は幸福な出発をした。ナイーブな妻は彼を愛した。彼もまた妻を熱愛した。

秋岡の心に三沙子の面影はきれいに洗い去られたように見えた。若くて、清純な菊子にくらべると、三沙子の顔は老《ふ》けていて、中年肥りも醜かった。眼の下にたるみがあり、小皺《こじわ》が多く、顎《あご》は、脂肪で厚かった。眼の色も声も濁っていた。メリー・ピックフォードも年とりつつあった。どうしてこんな女に夢中になったのかと秋岡は自分の過ぎた心がふしぎに思えるくらいだった。いきなり愛欲の手ほどきをされ、その坩堝《るつぼ》に投げこまれ、自分を喪失したとしか思えない。あのころは夢遊病者のようだった。

が、その心神耗弱《こうじゃく》状態の中での一つの行動は秋岡を今でも苦しめていた。どうしてあんなことをやったのか。人を殺したのだ。先生を、三沙子に唆《そその》かされて。――秋岡は、ときどき、ふいに睡りから醒めてとび起きることがあった。べつに池野典也の顔が夢の中に出てきたわけではないが、心臓が急に激しく高鳴りするのである。どうかなさったの、と横の妻がいっしょに起きて気づかわしげに訊いた。いや、何でもない、と言って彼はタオルで顔の汗をふいた。これがほんとうに夢をみて跳《は》ね起きたのだったらよかった。まったく、あの行為が夢のなかの出来事だったら。――彼は、妻に心配させないように、睡ったふりをしたが、容易に寝つかれなかった。あれは自分の過去に消そうとしても消すことのできない事実だった。ほんのちょっと理性を失ったばかりに三沙子の言葉に乗った。あのとき、どうして断わらなかったか。そしたら、いまごろ殺人犯人として苦しむこともなかったろうに。何ということをしたのだ。彼は自分の右手を、人を刺した右手を裂き取りたかった。

太陽の光線の降る昼間、人の話し声がまわりに聞こえ、自分も軽い調子でものを言い、多くの人間が屈託なげに動いている昼間は、いやな記憶が蘇《よみが》えらないが、人声との交渉が絶えた夜は激しい後悔に襲われるのである。

が、彼のその後悔で特徴的なのは、殺した池野典也に向かって詫《わ》びるという気持ちよりも自己の犯罪そのものに対する憎しみが強いことだった。ということは、それが取消しのできない絶対事実である限り、未来永劫に他人に知られたくない、秘密保存の願望なのであった。いまから考えると、菊子を初めて見る前に、最後の別れの抱擁を三沙子としたとき、彼女が言った「忠告」は価値があった。あのまま三沙子に執着を持っていたら、その様子から警察に疑われるようになったかもしれない。迷宮入りという不面目をとった警察は、何かの拍子で事件解決の手がかりを得るのではないかと待ちかまえていたであろう。まさに三沙子の言う通りであった。危険なことだった。

あの事件のことを知っているのは、この世の中に三沙子と自分だけである、その三沙子が金輪際《こんりんざい》口を割る気づかいはない、それはおのれの首を絞めるようなものだ。彼女は現在最高に幸福な境涯を享楽している。所員たちの稼ぎで生活は豊かに、財産はふえ、社会的な地位は上がりつつある。彼女が軽はずみなことを口外して、一挙にいまの快適な生活を失うとは秋岡に到底考えられなかった。彼女は、あのとき、わたしは独り身で、水商売の女だからどうなってもかまわないなどと強がりを言っていた。が、あれはあの場の嘘で、人一倍虚栄心の強い女が、現在を犠牲にするはずはなかった。つまり、自分が秘密の暴露をおそれていると同様に彼女もそれを怖れているのである。

だから、これが他人に知られることは絶対にない、あるとすれば、自分がその後も彼女にまつわりつくという軽率な行為からだが、もう、そういうことはないから、安心である、これからは万事慎重に、と秋岡はかたくわが心を戒《いまし》めた。

それから半年ほど経った。殺された池野典也の一周忌がそろそろ近づいてきた。世間はとっくにこの事件を忘れ、警察も続発する他の事件に追われて捜査を完全に放棄したようにみえた。

池野設計事務所はますます成績を上昇させていった。それはひとえに秋岡辰夫の卓抜した技術のためだった。彼は他の建築士を技術的に統率し、指導した。皆は彼の技量に心服していたから、統一がとれた。年上の建築士も虚心に彼に見習った。

こういう事情が分かってくると、業界や世間からの秋岡の評価はすこぶる高いものになった。まったく、彼が居なかったら、池野設計事務所は空疎化し、その声名も経営もたちまち転落に向かったにちがいない。

秋岡はいまに同所を辞めて独立するだろうと人は思った。むしろ、その独立が遅すぎるくらいである。秋岡辰夫にはもとよりその気があった。しかし、これを三沙子が許可してくれるかどうかには一抹の不安があった。彼は池野設計事務所の大黒柱である。給料も池野が生きているときよりは三倍以上も上がっていた。もっとも家庭を持ったからでもあるが、それにしてもこんなに厚遇はしない。

だが、そんなことをいっても、秋岡はいつまでも縁の下の力になっているわけにはゆかなかった。第一、どのようにすぐれた作品を創造しても、「池野設計事務所」の名前になってしまうのである。「秋岡辰夫」は表面に出ず、事情を知った世間の一部が知っているだけであった。独立したら、彼の名も今よりずっと上がるし、収入だって雲泥《うんでい》の差である。

新しい設計事務所を開くための資金は必要なだけ出してやると妻の父親は言い、またそれを婿《むこ》にすすめた。秋岡は三沙子の機嫌のいいときを見はからい、所長室に行った。

「所長。少し折り入ってお願いがあるんですが……」

「どんなこと？」

三沙子は、事務的な調子ながら、この事務所のホープにやさしい微笑を送った。

「はあ。それがプライベートなことなんです」

秋岡の遠慮そうな様子に、三沙子は彼の心底を見抜いたようだった。その微笑は皮肉なものに変わり、眼に意地悪い光が出た。

「いいわ。じゃ、今夜七時ごろ、わたしの家に来てちょうだい」

「所長のお宅に？」

秋岡の眼に軽い恐怖が出た。

「私的なお話でしょ？　だから、事務所よりは家のほうがいいわ」

秋岡は三沙子に抗《さから》えなかった。ほんとうはこの所長室で話したかったが、事務所には所員がいっぱい居て、話しづらい。それに午後五時になったら、三沙子はさっさと帰ってしまうので、所員たちが居なくなってから話すということもできなかった。すっかり顔がひろくなった彼女は、雑誌社の座談会などに出る以外、パーティとか、著名人と飲むとか、顧客の実業家と食事をするとか、男友だちとナイトクラブに行くとか、そんなことばかりしていた。そして、ちかごろは、男を変えて高級な浮気もしているらしかった。

三沙子がだれと情事を営《いとな》もうと、秋岡には何の感情も湧き立たなかった。彼は妻の菊子をずっと愛していた。もっとも、ときには三沙子と耽《ふけ》ったときの情事の濃密さが極彩色の秘画のように彼の記憶に出てこないこともなかった。それは官能として、妻よりははるかに密度があり、量感があり、奥行きがあった。が、彼はその点では何も知らない菊子の素直さに立ちかえり、初心なものに適応したかった。大柄で色の強い犯罪的な花弁に包みこまれるよりも、淡い色の小さな純真な花びらを自分の趣味に染めてゆきたかった。

七時、それはもう夜になっていたが、三沙子の家の玄関には明りがついていた。雨戸が閉まっているので分からなかったが、内部《なか》にも灯がついていることはたしかだった。

秋岡にかすかな恐怖が起こった。この家の夜には記憶があった。裏口にも、座敷にも、階段にも、二階の十畳と八畳の間にも、そして簞笥にも。もう一人の彼が黒い洋服を着て、十一文半のだぶだぶの靴をはいて闇の中を侵入していた。今よりは、もっと遅い時刻にである。この家全体が彼の忌まわしい過去をつかみ出して目の前に投げつけていた。

しかし、秋岡は勇気を出した。彼は眼をつむって玄関のブザーを押した。家の中の遠いところでチャイムの鳴る音が聞こえ、ガラスの格子戸が細目に開いて、知らない顔の女中が顔をのぞかせた。池野が殺されてから女中は三人も変わっているが、三沙子が意識的にとりかえているようだった。

三沙子は二階の十畳の間に秋岡を通した。わざと応接間を避けて、その「記憶の間《ま》」に彼を坐らせた。秋岡は視線がまっさきに簞笥に流れたとき、皮膚が寒くなった。この座敷を出て廊下を少し行ったところにある階段に人の足音が鳴りそうだった。

秋岡は、小さな慄えを押えた。

しかし、その晩のかけ合いは不調に終わった。三沙子は彼の言うことをてんで問題にせず、鼻の先で嗤《わら》った。

「あんたは、ずっとわたしのところで働くのよ。ほら、前にも言ったでしょ？　わたしの生きている限り、池野設計事務所から出て行けない運命なのよ。もし、あんたが勝手にとびだしたりなんかしたら、あんたは恩知らずになるわよ」

三沙子は抑えた声で言った。

秋岡は、恩知らずの意味を、池野に技術を教育され、仕込まれたのにその事務所を捨てて出る行為のことかと頓馬《とんま》にも思った。が、それは大きな錯覚で、彼女の言う意味はべつのところで重大だった。

「あんた、少しばかり技術が上がったからといって、また、人から讃《ほ》められているからといって、あんまり逆上《のぼ》せないでね」

もとの情婦はおごそかに言った。

「あんたの生命は、わたしが預かってるのよ。わたしは、あんたをいつでも死刑の公判廷に送れるような物的証拠を持っているわ。それを警察に出されるのがイヤだったら、わたしの言う通りになるの」

「しかし、奥さん、いや、所長だって、そんなことをしたら、破滅じゃありませんか。もともと、あのことは、あなたがぼくを唆《そその》かし、自分で計画したんじゃありませんか！」

秋岡は低く叫んだ。

「奥さんと呼んでくれていいわ、以前《まえ》のようにね。それに、これは二人だけの私的な話合いだから」

と三沙子は片頬に笑《え》みを浮かべて秋岡を見つめた。

「そうよ、わたしがあんたをあんなふうになるようにさせたかもしれないし、実行の段あんたがわたしの言葉から暗示をうけたかもしれないわ。でも、それは教唆《きょうさ》ということではなく、わたしが計画者ということにもならないわ。あんたが池野を殺したのは、わたしを完全に自分のものにしたい気持ちがあったからでしょ。でなかったら、いくらわたしが教唆したからといってそれにあんたがやすやすと動かされるはずはないわ。また、わたしが一切の犯行計画をたてたというけどナンセンスだわ。わたしのヒントにあなたが勝手に乗ってきて、自分でもこまかい、具体的なことをいろいろ言ったじゃないの。それも二人だけのことだから、わたしがそんな事実はないと警察でも法廷ででも言えばそれきりよ。立証のしようがないわ」

秋岡に、三沙子の髪を引っつかみたい衝動がつきあげてきたが、動くことができなかった。

8

「それから、あんたは、わたしもいっしょに巻添えになると言ったけど、万一、罪になっても、わたしは直接には手を下さなかったから、あんたのように死刑になることはないわ。せいぜい五、六年くらいかしら」

三沙子は咽喉の奥で笑った。秋岡の眼に、彼女の顔の筋肉がひきつって映った。家の中は、しんと静まっていた。現場に坐っているので、犯罪の切実感が彼の全身を押し包んだ。

「そうしたら、わたしの今の生活は台無しになるわね。でも、それでもかまわないのよ。今の生活は、わたしには砂の上につくられたものとしか考えられない。もともとそんなガラじゃなかったのよ。だから、いつ元《もと》の木阿弥《もくあみ》になっても平気だわ。どうせバーの女あがりだもの。その代わり、生活力はあるつもりなの。幸い、池野の残してくれた財産の上に、あんたのおかげで儲けさせてもらった設計事務所の金があるから、それを資金《もとで》にマンションでも建ててのんきに暮らしてゆくつもりだわ。だから、いまが花だと思って、せいぜい男たちともつき合って遊んでいるの」

彼女は浮気して回っていることを間接的に打ちあけた。が、ここで声の調子が変わり、ねっとりとしたものになった。

「わたしにくらべると、あんたには未来があるわ。才能があるから、どんな愉しいことでもできるじゃないの。菊子さんはいい奥さんでしょう。菊子さんはあんたを愛しているし、あんたも菊子さんが好きでしょ。いい奥さんをお世話したわたしに感謝してよ。これからも、あんたがわたしのところにいる限り、できるだけのことはするわ。平和な生活のありがたさをあんたも考えなきゃいけないわよ。短気を起こして奥さんを嘆かすような結果にしないでね。給料が足りなかったら、もっと上げてもいいわよ」

最後に、彼女は言った。

「妙な気を起こさないでね。エ、コ、ブ、ラ、ーはわたしの手にあるんだから」

交渉の不調というよりも、秋岡の敗北であった。彼女が現場を交渉の場所にしたのも秋岡の心理の上に効果的であった。

秋岡が忌まわしい犯罪の家から出るとき、すれ違いに男の影がその家の玄関に忍ぶように近づいていった。三沙子の男友だちの一人だと思ったので、彼は見返りもしなかった。嫌悪の感情だけで、嫉妬も何も起こらなかった。また、その余裕もなかった。

家に戻ったとき、菊子は彼の蒼い顔をみて心配そうに様子を訊いた。彼は、所長は当分辞めるのを許してくれそうもない、これまでの義理があるから無理に出てゆくこともできない、と言って溜息をついた。

それもそうね、と素直な妻はうなずいた。やはり恩義は恩義だから、あんまり所長さんを裏切る行為もできないわね。もう、二年ばかり辛抱しましょう、あなたもその間に勉強や準備をして下さいね、と夫を慰め、励ました。

二年どころの騒ぎではなかった。三沙子の言う通り、彼女が生きている限りは池野設計事務所にしばりつけられる運命にあった。彼女の言葉に嘘はなく、それは彼女の絶対意志であった。

三沙子の現在の生活は安泰極《きわ》まりないものだった。彼女には過ぎた、名声と富とをきずいていた。贅沢な暮らしをし、女の身勝手な自由を享楽していた。何もかも彼の働きの上に坐ってのことである。彼は彼女の奴隷《どれい》でしかなかった。彼は働き、彼女は遊んでいた。

三沙子が今の夢のような生活を、万一の場合はいつでも失ってかまわない、と言ったのは彼女の強がりであろう。彼女にしても、せっかくなり上がった現在の位置をすべり落ちたくないにきまっている。が、彼女がそこに落ちることは、同時に彼自身の、それ以上の終末を意味していた。未来だけでなく、彼の肉体の滅亡であった。彼女の転落とは相殺《そうさい》にならなかった。

秋岡は、それから半年ほど黙々として働いたが、あるとき、不意に憤怒が生理的に衝《つ》きあがってきて、所長室にはいって行った。昼休みで、所内には人が少なかった。

「所長、ぼくを解放してくれませんか?」

「解放って何よ?」

三沙子は帳簿から目をあげて、けろりとした調子で訊いた。面白そうな顔つきだった。

「ここをやめさせていただくことです。ぼくは独立をしてやりたいんです」

「それは駄目ね」

「妥協案があるんです。ぼくは考えたのですが」

「どういうこと?」

三沙子は興味なさそうに訊き、前の函《はこ》から煙草をとった。

「独立しても、こちらの仕事をやらせていただくのです。その場合は設計料として払っていただくことになりますが、よそよりはずっと安くいたします」

「うまいことを考えついたものね」

と、三沙子はルージュの唇をまるめて煙を吐いた。秋岡は咳をした。

「失礼。……でも、それは駄目ね」

彼女はまず答え、落ちつき払ってあとをつづけた。

「あんたには独立は絶対に許さないわ。何度言っても同じことよ。かりにあんたが独立して、わたしのとこの仕事をひきうけるとしても、あんたは自分の直接注文のほうを大事にするにきまっているわ。新しい設計事務所として早く売り出したいし、いいお顧客《とくい》さんをたくさんとりたいしね。これは人間の自然な心理よ。どうしても、わたしのほうで出す安い料金の仕事はあと回しになるし、お座なりになるわ」

「いや、ぼくはそんなことはしません」

「ばかね、今の話は仮りにあんたをウチから出したときのことよ。あんたが独立したら、ウチのいいお客さんはみんなあんたのとこに行ってしまうじゃないの。……あんたがウチをやめるのは絶対にゆるしません」

最後の宣言を三沙子は少々激しく言った。

「じゃ、ぼくは、いつまでもここに居なければならないのですか？」

秋岡は絶望的な声を出した。

「だから、前から言ってるでしょ。わたしの生きている間よ」

「じゃ、一生ですか？」

「一生ということはないわ。あんたはわたしより十も若いわ。わたしが先に死ぬときまってるじゃないの」

しかし、三沙子はまだ四十にも達していなかった。彼女が生きている間といえば、彼も働きざかりの時代の全部を犠牲にしなければならなかった。

「それは、あんまりです」

秋岡はひと通り抗議したが、泣き言《ごと》でしかなかった。声は呻《うめ》きに近かった。

「ねえ、あんまり気を落とさないで。お互いに運命だと思ってよ。お互いに平和に手をとり合って、一生を無事に送りましょうよ。あの錐がわたしたちの共存共栄の結び目だわ」

秋岡は悄然《しょうぜん》として席に戻った。設計台の上には描きかけのトレーシングペーパーがひろがり、横には他の所員のものより立派で新しい製図器具が大型ケースに納まっていた。秋岡はその設計台の上に両肘《りょうひじ》を突き、頭の毛をかきむしった。三沙子があと二十年生きたとしても、彼はもう五十だった。仕事にもっとも脂の乗ったさかりを鎖《くさり》でつながれているのである。どんなにでも伸びられる機会を此処に封じこまれるのである。五十になって独立してもすべては手おくれだった。

いまから独立したら財産もできるのに、安い給料で飼い殺しされるのである。彼の将来は青い色も赤い色もない、荒蕪地《こうぶ》だった。彼は、働いても働いてもその稼ぎを三沙子にことごとく吸いあげられる「死んだ馬《デッド・ホース》」だった。

9

三沙子と秋岡の間に、このような内紛が存在していようとは所員のだれもが想像していなかった。三沙子は秋岡の技術と人柄を人にほめ、彼をこの池野設計事務所の中心人物として大事にした。経済的にもできるだけ優遇した。

それだけでなく、彼女は月に一度は、秋岡夫妻を一流のレストランかホテルの食堂に招いて、夕食のご馳走をした。彼の妻の仲人なのでその好意もほかの人間以上であった。夕食はいつもなごやかな雰囲気ですごされた。とくに三沙子と菊子とは愉しそうに語り、笑い合った。

「生きているというのは素晴らしいことだわ」

と、三沙子はホテルのいちばん高いところにある食堂の窓から東京のきらめく夜景を眺め、またそれを背景にして言った。

「生きているというのは、とても愉しいことだわ」

三沙子がその言葉を菊子に言ったとき、彼女の視線はちらりと秋岡の顔に走った。その眼の意味は彼にだけ分かることだった。彼は胸を衝《つ》かれ、憂鬱になった。

秋岡は、三沙子の男友だちのことを注意するようになった。彼女が相当遊んでいることは想像していたし、事実、彼女自身が間接的ながら話したことである。が、その実体となると彼にも分からなかった。

彼は、三沙子のあとをいちいち尾行することもできないので、ときどき、夜になって彼女の家の前を張ることにした。そのときは、妻に友人と麻雀をするというふうに言っておいた。

一か月くらい経ったころ、秋岡は三沙子の家に夜こっそりはいってゆく男性に、会計主任の樋渡忠造の姿があるのにおどろいた。どう考えても三沙子の愛欲の対象にはならない男だった。五十をとっくに過ぎた樋渡は、およそ男としての魅力はなく、ただ、物欲のみに強い性格であった。どんなに三沙子がもの好きでも樋渡を情事の相手にするとは思えなかった。

それで秋岡は、はじめ樋渡の夜間訪問を会計上の特別な事務打合せ——たとえば税金対策の二重帳簿のこととか、利益金隠匿のための粉飾決算とか、そんな彼女の好みそうな相談ごとかと思った。以前から三沙子が何かと樋渡に目をかけ、おだてていることを秋岡は知っていた。

しかし、秋岡には思い当たるところがあった。三沙子が樋渡を夜になって自分の家に呼びつけるのは、もはや、金品だけでなく、肉体を与えて籠絡《ろうらく》しているのだ。彼女にとって脱税とか利益金の隠匿とかしてくれる会計係は、かつて秋岡を誘惑してつなぎとめたように、この上なく重宝で大事な人物にちがいなかった。この会計係は三沙子の収入上の悪いことを詳細に知っている。今後もその秘密を守らせるため樋渡をベッドに呼びつけているのだ。それでなくて、どうしてあんなじじむさい男を三沙子が相手にするだろうか。

秋岡は、今度は樋渡を事務所で観察した。気の毒な会計係は近ごろすっかりおしゃれになっていた。前はいっこうに風采を構わなかった。が、よれよれのワイシャツはいつも衿《えり》のピンとしたクリーニングしたばかりのそれになり、ネクタイも新しくて派手な柄をとっかえ引っかえつけていた。洋服も新調し、冴えた色のを着るようになった。沓下《くつ》も赤い縞がはいっている。うすい髪は、脂気もなくバラバラだったのに、ポマードでかため、ちゃんと櫛《くし》の目がはいっていた。いつも剃り立ての顔だった。樋渡はすっかり若返ってしまったが、それは滑稽なくらい不自然だった。

樋渡は、会計の仕事に張り切って勤めていた。彼は三沙子に忠実に仕え、毎日しきりと帳簿や伝票を持って所長室に出入りした。もともと金銭には渋い会計だったが、所員の経費支出に対してはますますきびしくなり、請求伝票には容易に判を捺《お》さず、捺しても、無駄づかいしては困りますよ、と必ず一言加えるようになった。その顔つきは、三沙子の忠僕か、共同経営者のようであった。樋渡は思いがけない幸福な回春に有頂天になっていた。

秋岡は、樋渡の様子をほぼ二か月ほど観察して、彼が事務所で夕方近くからそわそわしている日は三沙子の家に行く夜だと知るようになった。煙草をむやみと喫《す》う。そんな日に彼を尾行してみると、樋渡は事務所を出て二時間ばかりパチンコ屋で遊んだり、喫茶店でコーヒーをのんだり、映画館にはいったりして時間を消し、およそ八時ごろに三沙子の家に行くことが分かった。そして、樋渡が出てくるのは十時前後であった。秋岡があとをつけて三回ともそうだからそれが習慣のようだった。樋渡が三沙子とわずか二時間しかいっしょにいられないのは、樋渡の都合ではなく、三沙子の意志らしかった。彼女にすれば、彼と会うのは蓄財の都合上のことであって、好んで情事の相手としているわけではない。それなら若い面白い男がほかにいっぱい居た。

十一月半ばをすぎたある日、池野典也の三周忌が近づいたころだったが、秋岡は樋渡の様子を見て、彼が三沙子の家に行くことが察知できたので、六時に設計事務所を出ると、赤電話のダイヤルで妻を呼んだ。

「今夜はひとりで映画を見てくるからね。飯は途中で済ませる」

「お帰りは何時ごろになりそうですか?」

「十一時までには帰るよ」

十一時には帰れるはずだった。樋渡が三沙子の家を出るのは十時ごろだから。……

――十時五分前、樋渡忠造の姿が三沙子の玄関から出て暗い道路の向こうに消えると同時に、秋岡はかくれていた場所から出て、いま閉まったばかりの玄関前に行き、ブザーを押した。あたりを見まわしたが、ずっと先の広い道路に車の光が走っているだけで、引っこんでいるこの近所に人影はなかった。

樋渡が出てから三分と経っていなかったので、三沙子は、彼が何か忘れものでもして引返したと思ったらしく、べつにだれかと訊《たず》ねもせずに、玄関の戸をすぐに開けた。パジャマの上にガウンをかけている彼女は、秋岡が立っているのを見て息を呑んだような顔になった。

「あんただったの？」

「済みません。ちょっと話があるんです」

秋岡は低い声で答えた。

三沙子は、樋渡がたった今この家を出て行ったのを秋岡に見られたと思ったのか、その顔に軽い狼狽が走っていた。で、彼女は黙って彼を座敷に上げたが、少々ふてくされた態度にみえた。

秋岡がおそれたのは女中のことだった。女中が起きていたらこの計画は駄目になる。が、どうやら部屋の中で寝ているようだった。八時ごろから樋渡を引き入れているので三沙子も女中を早く寝させたにちがいない。池野を殺したときのように、これから何が起こっても女中は気がつかないだろう。

「こんな時間、急に何の用で来たの？」

十畳の座敷で三沙子は不機嫌だった。

「お願いがあってきたのです」

秋岡は黒革の手袋をはめたまま言った。冷える晩だったので不自然ではなかった。

「また、例の話？」

「そうです」

「あれなら、駄目だと言ってるでしょう。分からず屋ね、あんたも……」

「どうしても許してくれませんか」

「しつこいわ」

「じゃあ……」秋岡はごくりと唾を呑んで言った。「奥さんともとの関係に戻りたいのです」

瞬間、三沙子は疑うように彼の顔を見つめた。その顔色に迷うものが漂ったが、やがて複雑な微笑に変わった。

「あんた、樋渡がここから出て行ったのを見たのね?」

「見ました」

秋岡はうなずいた。

「それで、昂奮したのね。独立したい話をしにきたのが、樋渡を見たので気が変わったのね」

三沙子は勝手な解釈をした。

「でも、樋渡とは何でもないのよ。ただ、経理の打合せに来ただけだわ。あんた、妙な誤解をしないでよ」

三沙子は白々しく言ったが、秋岡は文句を言わなかった。自分の来訪の意味をとり違えている彼女に任せたほうがよかった。実際、彼女の顔には、会計係との逢引きを口どめる意味だけでなく、久しぶりに以前の情人と愛欲を持ちたい興味と昂《たか》ぶりとが出ていた。

「菊子さんには適当に言っておくことね」

彼女は彼を寝室に入れるために先に立った。

秋岡は思い出の階段をのぼった。

10

翌朝、寝室の三沙子の絞殺死体が女中に発見された。

捜査本部では、二年前に同じ家で主人が強盗に殺され、それが未解決になっているので、今度の強殺事件には慎重を期した。今回も家の中は荒らされていた。

前の事件と違っているのは、犯人が屋内に無理にはいった形跡のないことだった。裏口には錠がかけられたままだし、縁側の雨戸も窓の密閉も完全であった。したがって犯人の侵入と逃走口は玄関だけだった。その錠が内側で外されているのは犯人が逃げるときにそのままにしたのだと思えた。前の事件では十一文半の靴のあとが裏口についていたが、今度はそんなものは残っていなかった。

捜査本部では前回の事件の類似点と相違点とを比較し検討した。

相違点としては、池野が殺害されたとき、被害者の抵抗があったが、今回はそれが無かった。三沙子はそのベッドでパジャマの胸をひろげて横たわっていた。頸には二重の索条溝があったが、皮膚を傷つけていないところをみると、たとえば絹のネクタイの使用が考えられた。枕もとの灰皿には煙草の吸い残しが七本はいっていたが、そのうち三本は三沙子の血液型で、あとの四本は彼女のものと違うA型だった。

これは彼女の体内から検出されたザーメンの血液型と一致した。このことから、三沙子は男と抱擁しているときか、その直後の睡りのときに絞められたと推定された。玄関の戸が開いていた以外に侵入口がなかったのもそれで解決できた。

類似点では、家の中の箪笥や机など抽出しのほとんどが引抜かれて、衣類などが散乱していることだった。しかし、彼女の十二万余円入りの財布はそのままだし、多額の銀行預金通帳も株券類にも手がついてなかった。ダイヤ、猫眼石、オパール、ヒスイなどの宝石つきの指輪も、真珠の首飾りも、パティックの女持ち腕時計などもほとんど残っていた。ただ、当の三沙子が死んでいるので、盗難品の実態は分からなかったが、多分、財布の金以外の現金が隠されていた場所から盗まれたであろうことは推察できた。

このことから、三沙子の愛人が愛情問題のもつれから彼女を殺害したあと、行きがけの駄賃に金を盗んで行ったか、または強盗の犯行にみせかけたものと考えられた。指紋はそれらになかった。

池野家の女中は、熟睡していて当夜の凶行を一切知らなかったが、それでも、主人が寝室に通す男たちの何人かの名前を心得ていた。その中に、設計事務所の会計係をあげた。

捜査本部では、今回は念を入れて所員全部について当夜の行動を訊いていた。秋岡辰夫は午後六時から九時まで都心の映画館にはいり、十一時ごろに帰宅したと述べた。が、所員たちのアリバイを調査する必要はなかった。樋渡忠造が真蒼《まっさお》になって、その夜の七時から十時まで彼女のベッドに居たことを供述したからである。解剖による推定でも、彼女の死亡時刻が十時から十一時の間であった。

樋渡忠造の血液型はA型だった。これは彼女の体内から出てきたものや、枕もとの煙草の喫い残しの分泌液とも合う。寝室は樋渡の指紋だらけだった。それに樋渡は三沙子とそのベッドで関係をもったこと、二人で煙草を喫ったことなど苦渋の中で告白した。

しかし、最後の点の三沙子絞殺のことは頑強に否認した。箪笥などを荒らした事実もないと言い張った。

「私が所長を殺さなければならない理由は何もありません。私は、所長とああいう関係を持っただけで仕合せだったのです。こんなふうに何もかも暴《ば》れてしまっては家庭は滅茶滅茶《ちゃめちゃ》となり、外部への体面はなくなりました。この上、どうして事実を隠す必要がありましょう」

樋渡は泣きながら言った。

だが、取調べの警官はそれを信じなかった。

「ばかなことを言っては困る。おまえが女と関係していただけなら家庭騒動のうちで済むが、殺したとなると死刑かもしれないからな。おまえが殺しを白状しない気持ちは分かるよ」

「私は絶対に殺してはいません」

「殺された時間に女といっしょに居たのはおまえだけだ」

「私は七時から十時まで所長といっしょに寝ていました。……しかし、所長には私のほかにも男がいました。私はそれを知っていましたが、そのことで所長に苦情を言ったことは一度もありません。私を相手にしてくれただけでありがたいと思っていたのですから」

「おまえは三沙子を嫉妬で殺したのだろう?」

「そんなことは決してありません。私の気持ちはいま申し述べた通りでございます。それよりも、ほかの男が、私の出たすぐあとから所長の家にはいり、所長を殺したのではないかと思います」

「そんな都合のいい偶然があるものか」

取調べの係官は嘲笑したが、このことを上司に報告した。

上司の係長は樋渡の言葉を一蹴《いっしゅう》せず、それについて考えた。この事件は少し奇妙なところがある。樋渡の供述をみると、あまり不自然なところがない。なるほど彼が三沙子を殺す理由は何もなさそうだった。樋渡の家宅捜索をしたが、盗んだと思われる三沙子の金も出てこないのである。

奇妙といえば、樋渡の指紋が玄関の戸、階段の手すり、二階十畳の間、寝室というふうなところに付いているだけで、荒らされた簞笥や調度からは一つも発見されてないことだった。このことは、樋渡が玄関からまっすぐに廊下を歩いて階段を上がり、二階十畳の座敷にはいって三沙子と話をし、隣りの寝室にはいったことをみせている。帰りも同じで、彼はそれ以外にどの部屋にもはいっていない。もし、彼が階下の部屋の簞笥を荒らしたのだったら、そこにも彼の指紋がついていなければならなかった。そこでの指紋が、三沙子のものしかないというのは、犯人が手袋をつけて抽出しをあけたのであろう。

もし、それが樋渡だったら、三沙子を殺したときにも手袋をはめなければならなかった。殺しの現場に指紋を残さないようにするほうがはるかに重要だからである。もしかすると、実際の犯人はべつにいて、その人間が手袋のままで三沙子を絞め、偽装のため簞笥や机の抽出しなどを荒らしたのかもしれない。

係長は樋渡の供述を真実とみて、部下に三沙子の男関係を全部洗わせた。それには女中の言葉が役立った。二人の中年男と二人の青年の身辺が洗われた。三沙子の愛欲生活は乱れていたが、その四人とも当夜のアリバイがあった。それで、捜査側で知らない男がまだいるはずだった。

捜査側は犯人をさがしあぐねて、もう一度女中に三沙子に会いに夜間やってきた訪問者はいないかと訊いた。べつに三沙子の愛人でなくてもいい、訪ねてきた男ならみんな挙げてくれと言った。

女中は考えて、一年ほど前に秋岡辰夫が午後七時ごろに来て二階で主人と話して帰ったことがあると言った。秋岡の居た時間を訊くと、三十分ばかりで彼は帰ったという。それだけで、その後、彼の訪問はなかった。

捜査側はこれを問題にしなかった。三十分間くらいでは愛情関係の対象にはならないし、また、女中もそのときは二階で二人は話だけだったと言った。実際、寝室に通す客と、そうでない客とは女中にも区別できた。三沙子と秋岡とを愛情関係で結びつけるような聞込みは一つもなかったのである。

今度の事件をぜがひでも解決したい捜査側は、きわめて手がたい方法をとった。秋岡辰夫を呼び出して一応事情を訊くことにした。

「なんでもありません。仕事のことで、至急に所長に相談しなければならないことが起こり、七時ごろにお宅に伺ったのです。三十分くらいで話が済んだので帰ってきました」

秋岡は落ちついて答えたが、

「それは電話ではできなかったことですか?」

と、係長に訊かれたとき、彼はちょっと虚を衝《つ》かれた顔になった。

「電話ではできません。設計上のことですから」

係長は、至極当然なこととしてうなずいた。しかし、秋岡が池野設計事務所を代表する建築士で、非常に優秀な腕で世間の一部や業界に知られていることが今度の事件の捜査段階で警察に判《わか》ってきていた。それで係長は近いうちに親戚が家を新築するつもりでいるのを想い出し、参考のために質問した。

「それはどこの新築の設計だったのですか。あなたの設計だったら、さぞ立派な家ができたでしょうね。機会があればその家をいつか見せてもらいたいものです」

秋岡辰夫は、はっとした表情になった。彼は記憶を起こすのに苦しむようにして、二人の設計依頼者の名をようやくあげた。

秋岡を帰したあと、係長は少しふしぎな気がした。秋岡は、なぜあんな単純な質問にどぎまぎしたのだろうか。

秋岡は設計の一切を任せられている人間である。しかもそのほうでは天才的な腕ということだった。三沙子は設計には素人である。

所長とはいっても亡夫の経営をうけついだだけで、技術的なことは何も知ってなかったということだ。その三沙子に秋岡が、何をわざわざ自宅に行ってまで相談しなければならなかったのだろうか。

建主によっては新築費の予算の都合とか、間取りの希望などで、設計予定変更はよくあるし、それが三沙子を通じてなされた場合、秋岡が打合わせることもあるだろうが、それだったら何も夜に自宅に行くことはあるまい。あくる日に三沙子が事務所に出てからで十分間に合う話である。

他の所員について当たらせてみると、秋岡がそんなことで三沙子に打合せすることはなかったということだった。それに一年前に一度の訪問があっただけで、その前も後もそれがないのも不自然という気が係長にしないでもなかった。三沙子にそのような相談をしていたら、その後もときどき同じ訪問があっていいはずだった。

係長は秋岡が挙げた実業家と料亭の主人のところへ刑事を遣《や》った。二人とも、たしかに一年前のそのころに秋岡に設計してもらったけれど、かくべつこちらからはむずかしい注文もつけず、むしろ秋岡ひとりの考えで設計がスムーズになされたということだった。

はてな、これは何かあるな、と係長は、何でもない質問に瞬間狼狽した秋岡の表情を思い浮かべながら思案した。

係長は秋岡についてもう少し洗わせてみた。が、報告はみな秋岡に有利なものばかりだった。彼は池野設計事務所の中心となっている。そこではとびぬけて高い給料をもらっている。彼は妻を三沙子の世話でもらった。夫婦仲はきわめて睦《むつま》じい。三沙子はたびたび秋岡夫妻を一流レストランに招待している。夫妻は三沙子の好意に感謝している。両者の間はまことにうまくいっている。

秋岡ほどの才能を持ちながら、どうして独立しないのかと訊ねるものがあったり、またそれを奨《すす》めるものがあったが、秋岡は、故池野先生の恩義があるからそういうことはできない、池野設計事務所の技術陣の充実を待って独立を考えたい、しかし、当分はここで頑張るつもりだ、と答えていたという。立派な言葉で、何もかも秋岡の利益になる材料ばかりであった。

しかし、係長には、何でもないはずの質問に虚を衝かれたような秋岡の一瞬の顔が忘れられず、それが気持ちの上にひっかかっていた。

彼は、その気がかりをきれいさっぱりと払いのけるために、秋岡の身辺調査をもう一度ていねいに部下にやらせた。とくに池野典也が殺された時点から設計事務所での彼の動静を調べさせた。

これも格別な情報はなかった。ただ、その報告の中で、

「池野所長が殺されたあくる日だったかに、秋岡は製図器具の新しいのを買ったそうです。前の古いのはドイツのゾーリンゲンのエコブラー社製のもので、池野所長に褒美《ほうび》としてもらったのだけど、それを使うと池野さんのことが忘れられなくなるので、和製のものに買いかえたのだと言ったそうです」

いかにも篤実な秋岡の言いそうなことで、刑事自身も感心していた。

製図器具と聞いて、係長は、大小のコンパスだの烏口だのディバイダーなどを眼にうかべた。

ディバイダー……コンパスのようだが脚《きゃく》の一方には烏口も鉛筆も付いていない、尖《とが》った二つの錐《きり》である。池野の心臓を刺したのは錐のようなものだった。侵入口の皮膚の創縁は、やや不整な円形だった。もし、千枚通しのような普通の錐だったら、創のかたちは完全に円形となるはずだった。しかも、池野の胸には、その近くに同じく錐の先でこ

すったような掻き傷があったではないか。ディバイダーの一方の脚の先がそこに軽くふれたのであろう。すなわち犯人は二つの脚をいっしょに握って池野の心臓へ力まかせに突っこんだのだが、そのあとで脚が開き、擦過傷となったにちがいない。その翌日、ディバイダーだけをとりかえたのでは人目につくので、秋岡は製図器具一式を変えたのであろう。

係長は、秋岡をもう一度呼び出して訊いた。

「君は、池野さんの殺された翌日、製図器具を新しいのととりかえたそうだけど、古いのはどこにやったのかね？」

この質問に秋岡は前回のときよりもっとおどろき、顔色を変えた。

「さあ、よくおぼえていません。なにぶん、二年前のことですから」

秋岡は苦しげに言った。

「たった二年前のことだよ、君。製図器具といえば建築士の魂じゃないか。理髪師の剃《かみ》刀《そり》、料理人の包丁、大工のノミやカンナ、みんな同じで、武士の刀のようなものだ。名人ほどそれを大切にするはずだ。しかも、それはエコブラー製で君の愛用品だった。池野さんの思い出が残るという理由でとりかえたのだったら、古いのをどう始末したのか忘れるはずはあるまい。さあ、どこにやった？」

「おぼえていません。……もしかすると、人にやったのかも分かりません」

「人に？　だれにやったのかね」

「どうも記憶がありません」

秋岡は泣きそうな声で言った。

——警察のその質問こそ、秋岡自身が訊きたいところだった。三沙子を殺す前にそのありかを訊いたが、彼女は明かさなかった。彼女とは性的な交渉はせず、そうするようにみせかけて、用意したネクタイで彼女の首を絞めた。そのあと、家じゅうの簞笥の抽出しや机、本箱といった、およそ三沙子が隠匿していそうなところを手袋をはめて捜したがついに発見できなかった。そのうち、帰宅の時間が迫るし、女中が起きてくるかも分からないので、諦めて逃げた。

係長は三沙子の家を徹底的に捜索させた。さすがは専門で、捜す人間も多かった。二時間と経たないうちに、庭の古い石仏の下から、土に埋まったエコブラー製図器具のケースと、十一文半の古靴とが出てきた。ケースを開けると、血で真黒になっているディバイダーが黒天鵞絨《ビロード》の型の中に貴重品のようにおさまっていた。

係長には、二年前、これらの池野殺しの犯行の証拠品を埋めたのが三沙子だと分かった。秋岡はこれを求めて家じゅうを捜し、それが強盗の行為のような結果になったのであろう。警察では池野を殺したのは三沙子と秋岡の共謀という推定がついた。が、彼が三沙子を殺す動機については本人の口から訊くほかはなかった。係長は机の上に血だらけのディバイダーを置いた。

「これは君のだろう？」

秋岡は慄えてうなずいた。

「どこにあったか知ってるか？」

彼は首を振った。

「池野さんの庭に埋めてあった。石仏の下にね。ほら、これもだ」

十一文半の古い靴が机の上に加えられた。

「君が捜しても分からなかったわけだよ。……君はこの靴をはいて二年前のあの晩、池野家の裏口からはいったね？」

秋岡は再び首を横に振った。

「じゃ、あの晩はどこに居た？」

「……」

「今度の三沙子殺しでも、君は都心の映画館に行っていたと申し立てているが、そのアリバイの手はもう古いよ。まあ、そっちのほうはあとでゆっくり聞くとして、二年前のあの晩、君はどこに居たかを伺うとしようじゃないか？」

「三沙子の車を借りて、郊外をドライブしていました。彼女はそれを知っています」

それは二年前の犯行計画で三沙子と打合せしたことだった。

「ばかだな、君は。三沙子は君が今度殺しているんだよ。死人が君のアリバイを立証してくれるかね？」

一時、生き返りそうになった「死んだ馬《デッド・ホース》」は沈黙した。

「まったく惜しいね、君は。せっかく、天才的な才能を持っていながら……」

係長は実際に残念そうに秋岡の顔を見て言った。

解説　煩悩研究（清張地獄に堕ちないための）

みうらじゅん（イラストレーター）

読後の余韻に浸っておられる貴方？

そう、貴方ですよ。

たぶん〝あぁ、自分の身の上に起った出来事じゃなくて本当、良かった……〟と、胸撫で降しておられることでしょう。

あくまで小説ですから、それは当然の感想だと思いますが、決して他人事では片付けられない要素が松本清張さんのお書きになるものには含まれていますよね。

要素とは、すなわち人間が性懲りもなく生み出す煩悩のこと。

野放しになった煩悩はこの小説のように、やがて犯罪を招きます。いくら隠し通せたと思っても必ずや事件は発覚。最終的に人は法により裁かれることになるわけですが、清張地獄の場合、それに至るまでの過程で地獄門は開かれます。

平安時代中期、僧源信によって著わされた『往生要集』、その中に出てくる地獄は死後、堕される所。清張地獄と大きく違う点はそこなのです。生き地獄なんて言葉があるでしょ？　良心の呵責がさらに追い討ちをかけますよね。

清張さんはクールな文体でその煩悩を羅列していかれます。

今回はこの『内海の輪』で、どれだけの数の煩悩が積み重なったのか？　または、それが主人公、宗三の清張地獄に堕された原因なのでは？　と、思われる箇所を改めて見ていきましょう。

13ページ目からの一文。

〃美奈子は二十も年の違う再婚の夫にはじめから愛情は持ってなかったと言った。〃

これは宗三の煩悩ではないように見えますが、いや、だからこそ密会に油を注いだ原因とも言えるでしょう。

〃奇妙なことに、四十になった宗三が二十代の錯覚に陥《おちい》り、「年上の女の誘導」に身をゆだねた。〃（18ページ）

この錯覚、完治しない青春ノイローゼもまた清張地獄への一歩です。

〃美奈子の誘惑が、寿夫への仕返しだったことは宗三にはもちろん分かっていた。〃（40ページ）

そもそも宗三の兄・寿夫の煩悩。キャバレーの女との駈落ちが引き金ですが、これによって宗三は清張地獄の片道キップを手に入れたことになります。

そして、銀座の再会です。〃宗三は、先輩教授の世話で、他の大学の教授の娘と結婚していた。〃（46ページ）ここでまた要素が増えます。世に言う『地位』ってやつです。

〃宗三の研究は学界でもわりあい注目されていた。〃と、ありますから将来は明るかった。

人は安定を求めがちです。実際にはそんなものはなく、不安定と不安定の間にある止り木のようなものなのに、それに固執し大きな煩悩を生み出します。
〝美奈子は人妻である。もしものことがあったら自分はどうなるだろう。社会的な非難を受け、大学から放逐《ほうちく》されるかもしれない。家庭も破壊されるだろう。学徒としての順調な道も滅亡する。〟（53ページ）
さぁ、清張地獄の門が見えてきましたね。掴んだものを離したくない。このままどうにか二人の関係を隠し通し、うまくフェイドアウトしたい……。
〝人妻との恋愛に美奈子ほど安全な女はいなかった。〟（61ページ）
などと、必死で思い込みながら。
〝湯につかっていると、美奈子がはいってきた。十四年前よりは肥えていた。大腿《ふともも》には稚《わか》かった緊張が失われ、熟した豊饒《ほうじょう》が盛り上がっていた。〟（76—77ページ）
この箇所も重ね合さった煩悩のひとつとしてとても重要。先ほどの〝安全な女〟に大きく係ってる点と考えるからです。恋愛と宗三は言っていますが、もうすっかり肉欲だけの関係であることが明白ですね。
〝「男って、みんなそうなの？」〟（83ページ）情熱を出し切ったあと、背中をむけて寝息を立てる宗三を——と、あるように美奈子もまた、それだけの関係であることは察知しているのです。

〝理想的には予定通り今日じゅうに帰京したほうがいい。〞(84ページ)
　肉欲だけの愛人旅行も終盤。宗三は将来に続く考古学の部会で発表するつもりの小論文で頭がいっぱいになってきます。もう一度、先ほどの美奈子のセリフを思い出して下さい。「男って、みんなそうなの？」
　冒頭で言った、他人事では片付けられない要素がここに色濃く表れているでしょう？
〝「わたしね。あなたと毎日でもいっしょにいたいのよ」〞(88ページ)
　とうとう、安全であるはずの美奈子がこんなことを言ってきましたよ。
　宗三はその時、「そりゃ、ぼくだってそうだけど……」と、点々を6つも付けて返しますが、美奈子はそれで機嫌を損ねたことは間違いありません。
〝「ねえ、宗三さん。わたし、いつ、松山の家をとび出すか分からないわよ」〞(92ページ)
　ギィ〜ッと、重い音を立てて清張地獄の門が開き始めました。
　中は深い霧に包まれよく見えません。そこに堕ちないよう必死でもがいているのですが、美奈子は宗三の手をがっちり握り離しません。そして、いっしょに堕ちる覚悟は出来ていると言うわけです。
〝「困るかときかれたら困らないとはいえないよ。だしぬけだし、ぼくにはまだ気持ちの用意ができてないんだからね」〞(119ページ)
　さらなる逃げ口上が美奈子の逆鱗《げきりん》に触れ、完全に清張地獄門が開き切りました。

〃「じゃ、その気持ちの用意をさせてあげるわ」〃（120ページ）

その物言いはきっと、閻魔《えんま》大王のものとして宗三には聞えてきたことでしょう。

〃「………」〃（121ページ）

黙り点が12。マストになりました。

〃その女のために一切を失うのはいかにも不合理千万であった。〃（126ページ）

そして、宗三はこんな風に思い、女を殺す計画を立てるのです。

当人は気付いていないでしょうが、ここでしょうね。清張地獄に吸い込まれるように堕ちていくしかなかった決定打は。

だから二度もバッタリ旅先で出食わすことになる長谷も、職場を替えていたタクシー運転手も、実は清張さんの化身ということになりますよね。

その煩悩の数々をただの傍観者の立場で見ておられたわけです。カルマは急に止れない。いや、業は積み重なるととんでもない事件を引き起すことだってある。

僕は清張さんの小説（ドキュメントや社会派と呼ばれるもの以外）を読むにつけ、反面教師ならぬ反面仏教を感じずにはいられません。隠し通せると思うな、いつだって私は〃見とるぞ見とるぞ〃と、読者に問うてくるのです。

もう一作の『死んだ馬』。今度は貴方が煩悩の発生したセリフや設定を捜してみて下さい。単なる推理小説ではなく、全て人生に於いてのホラー小説であることがよく分ると思いますから。

ＰＳ・清張地獄に堕ちないためには、出来る限り相手に真面目に、そして、自分には努めて不真面目でいることをお推めします。

本書は、一九七四年五月に小社より刊行した文庫を改版したものです。

本文中には、人夫、女中、メクラ滅法、気違い、労務者等、今日の人権擁護の見地に照らして、不適切と思われる表現がありますが、著者自身に差別的意図はなく、また、著者が故人であること、作品自体の文学性を考え合わせ、原文のままとしました。

（編集部）

内《ない》海《かい》の輪《わ》
新装版《しんそうばん》
松本清張《まつもとせいちょう》

昭和49年 5月20日 初版発行
令和5年 5月25日 改版初版発行

発行者●山下直久

発行●株式会社KADOKAWA
〒102-8177 東京都千代田区富士見2-13-3
電話 0570-002-301（ナビダイヤル）

角川文庫 23660

印刷所●株式会社暁印刷
製本所●本間製本株式会社

表紙画●和田三造

●お問い合わせ
https://www.kadokawa.co.jp/（「お問い合わせ」へお進みください）
※内容によっては、お答えできない場合があります。
※サポートは日本国内のみとさせていただきます。
※Japanese text only

ISBN 978-4-04-113669-0 C0193

◇◇◇

角川文庫発刊に際して

角川源義

第二次世界大戦の敗北は、軍事力の敗北であった以上に、私たちの若い文化力の敗退であった。私たちの文化が戦争に対して如何に無力であり、単なるあだ花に過ぎなかったかを、私たちは身を以て体験し痛感した。西洋近代文化の摂取にとって、明治以後八十年の歳月は決して短かすぎたとは言えない。にもかかわらず、近代文化の伝統を確立し、自由な批判と柔軟な良識に富む文化層として自らを形成することに私たちは失敗して来た。そしてこれは、各層への文化の普及滲透を任務とする出版人の責任でもあった。

一九四五年以来、私たちは再び振出しに戻り、第一歩から踏み出すことを余儀なくされた。これは大きな不幸ではあるが、反面、これまでの混沌・未熟・歪曲の中にあった我が国の文化に秩序と確たる基礎を齎らすためには絶好の機会でもある。角川書店は、このような祖国の文化的危機にあたり、微力をも顧みず再建の礎石たるべき抱負と決意とをもって出発したが、ここに創立以来の念願を果すべく角川文庫を発刊する。これまで刊行されたあらゆる全集叢書文庫類の長所と短所とを検討し、古今東西の不朽の典籍を、良心的編集のもとに、廉価に、そして書架にふさわしい美本として、多くのひとびとに提供しようとする。しかし私たちは徒らに百科全書的な知識のジレッタントを作ることを目的とせず、あくまで祖国の文化に秩序と再建への道を示し、この文庫を角川書店の栄ある事業として、今後永久に継続発展せしめ、学芸と教養との殿堂として大成せんことを期したい。多くの読書子の愛情ある忠言と支持とによって、この希望と抱負とを完遂せしめられんことを願う。

一九四九年五月三日

角川文庫ベストセラー

顔・白い闇　松本清張

有名になる幸運は破滅への道でもあった。役者が抱える過去の秘密を描く「顔」、出張先から戻らぬ夫の思いがけない裏切り話に潜む罠を描く「白い闇」の他、「張込み」「声」「地方紙を買う女」の計5編を収録。

小説帝銀事件　新装版　松本清張

占領下の昭和23年1月26日、豊島区の帝国銀行で発生した毒殺強盗事件。捜査本部は旧軍関係者を疑うが、画家・平沢貞通に自白だけで死刑判決が下る。昭和史の闇に挑んだ清張史観の出発点となった記念碑的名作。

山峡の章　松本清張

昌子は九州旅行で知り合ったエリート官僚の堀沢と結婚したが、平穏で空虚な日々ののちに妹伶子と夫の失踪が起こる。死体で発見された二人は果たして不倫だったのか。若手官僚の死の謎に秘められた国際的陰謀。

水の炎　松本清張

東都相互銀行の若手常務で野心家の夫、塩川弘治との結婚生活に心満たされぬ信子は、独身助教授の浅野を知る。彼女の知的美しさに心惹かれ、愛を告白する浅野。美しい人妻の心の遍歴を描く長編サスペンス。

死の発送　新装版　松本清張

東北本線・五百川駅近くで死体入りトランクが発見された。被害者は東京の三流新聞編集長・山崎。しかし東京・田端駅からトランクを発送したのも山崎自身だった。競馬界を舞台に描く巨匠の本格長編推理小説。

角川文庫ベストセラー

失踪の果て　松本清張

中年の大学教授が大学からの帰途に失踪し、赤坂のマンションの一室で首吊り死体で発見された。自殺か他殺か。表題作の他、「額と歯」「やさしい地方」「繁盛するメス」「春田氏の講演」「速記録」の計6編。

紅い白描　松本清張

美大を卒業したばかりの葉子は、憧れの葛山デザイン研究所に入所する。だが不可解な葛山の言動から、彼の作品のオリジナリティに疑惑をもつ。一流デザイナーの恍惚と苦悩を華やかな業界を背景に描くサスペンス。

黒い空　松本清張

辣腕事業家の山内定子が始めた結婚式場は大繁盛だった。しかし経営をまかされていた小心者の婿養子・善朗はある日、口論から激情して妻定子を殺してしまう。河越の古戦場に埋れた長年の怨念を重ねた長編推理。

数の風景　松本清張

土木設計士の板垣は、石見銀山へ向かう途中、計算狂の美女を見かける。投宿先にはその美女と、多額の負債を抱え逃避行中の谷原がいた。谷原は一攫千金の事業を思いつき実行に移す。長編サスペンス・ミステリ。

犯罪の回送　松本清張

北海道北浦市の市長春田が東京で、次いで、その政敵早川議員が地元で、それぞれ死体で発見された。地域開発計画を契機に、それぞれの愛憎が北海道・東京間を行き交う。鮮やかなトリックを駆使した長編推理小説。

角川文庫ベストセラー

一九五二年日航機「撃墜」事件　松本清張

昭和27年4月9日、羽田を離陸した日航機「もく星」号は、伊豆大島の三原山に激突し全員の命が奪われた。パイロットと管制官の交信内容、犠牲者の一人で謎の美女の正体とは。世を震撼させた事件の謎に迫る。

松本清張の日本史探訪　松本清張

独自の史眼を持つ、社会派推理小説の巨星が、日本史の空白の真相をめぐって作家や硯学と大いに語る。日本の黎明期の謎に挑み、時の権力者の政治手腕を問う。聖徳太子、豊臣秀吉など13のテーマを収録。

聞かなかった場所　松本清張

農林省の係長・浅井が妻の死を知らされたのは、出張先の神戸であった。外出先での心臓麻痺による急死とのことだったが、その場所は、妻から一度も聞いたことのない町だった。一官吏の悲劇を描くサスペンス長編。

潜在光景　松本清張

20年ぶりに再会した泰子に溺れていく私は、その幼い息子に怯えていた。それは私の過去の記憶と関わりがあった。表題作の他、「八十通の遺書」「発作」「鉢植を買う女」「鬼畜」「雀一羽」の計6編を収録する。

男たちの晩節　松本清張

昭和30年代短編集①。ある日を境に男たちが引き起こす生々しい事件。「いきものの殻」「筆写」「遺墨」「延命の負債」「空白の意匠」「背広服の変死者」「駅路」の計7編。「背広服の変死者」は初文庫化。

角川文庫ベストセラー

三面記事の男と女　松本清張

昭和30年代短編集②。高度成長直前の時代の熱は、地道な庶民の気持ちをも変え、三面記事の紙面を賑わす事件を引き起こす。「たづたづし」「危険な斜面」「記念に」「不在宴会」「密宗律仙教」の計5編。

偏狂者の系譜　松本清張

昭和30年代短編集③。学問に打ち込み業績をあげながら、社会的評価を得られない研究者たちの情熱と怨念。「笛壺」「皿倉学説」「粗い網版」「陸行水行」の計4編。「粗い網版」は初文庫化。

神と野獣の日　松本清張

「重大事態発生」。官邸の総理大臣に、防衛省統幕議長がうわずった声で伝えた。Z国から東京に向かって誤射された核弾頭ミサイル5個。到着まで、あと43分！　SFに初めて挑戦した松本清張の異色長編。

乱灯　江戸影絵　(上)(下)　松本清張

江戸城の目安箱に入れられた一通の書面。それを読んだ将軍徳川吉宗は大岡越前守に探索を命じるが、その最中に芝の寺の尼僧が殺され、旗本大久保家の存在が浮上する。将軍家世嗣をめぐる思惑。本格歴史長編。

夜の足音　短篇時代小説選　松本清張

無宿人の竜助は、岡っ引きの彔吉から奇妙な仕事を持ちかけられる。離縁になった若妻の夜の相手をしろという。表題作の他、「噂始末」「三人の留守居役」「破談変異」「廃物」「背伸び」の、時代小説計6編。

角川文庫ベストセラー

落差 (上)(下) 新装版　松本清張

日本史教科書編纂の分野で名を馳せる島地章吾助教授は、学生時代の友人の妻などに浮気心を働かせていた。教科書出版社の思惑にうまく乗り、島地は自分の欲望のまま人生を謳歌していたのだが……社会派長編。

或る「小倉日記」伝　松本清張

史実に残らない小倉在住時代の森鷗外の足跡を、歳月をかけひたむきに調査する田上とその母の苦難。芥川賞受賞の表題作の他、「父系の指」「菊枕」「笛壺」「石の骨」「断碑」の、代表作計6編を収録。

葦の浮船 新装版　松本清張

某大学の国史科に勤める小関は、出世株である同僚の折戸に比べ風采が上らない。好色な折戸は、小関が親密にする女性にまで歩み寄るが……大学内の派閥争いと2人の男たちの愛憎を描いた、松本清張の野心作！

軍師の境遇 新装版　松本清張

天正3年、羽柴秀吉と出会い、軍師・黒田官兵衛の運命は動き出す。秀吉の下で智謀を発揮して天下取りを支えるも、その才ゆえに不遇の境地にも置かれた官兵衛の生涯を描いた表題作ほか、2編を収めた短編集。

蔵の中 短篇時代小説選　松本清張

備前屋の主人、庄兵衛は、娘婿への相続を発表し、仕合せの中にいた。ところがその夜、店の蔵で雇人が殺される。表題作の他、「酒井の刃傷」「西蓮寺の参詣人」「七種粥」「大黒屋」の、時代小説計5編。